怪笑小说

〔日〕东野圭吾 著
李盈春 译

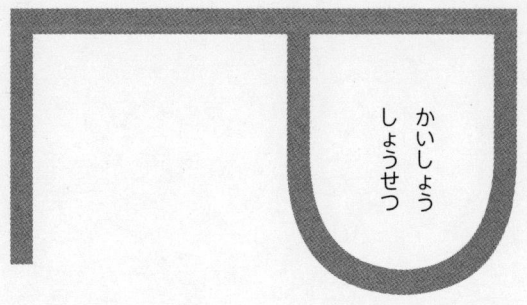
かいしょう
しょうせつ

北京出版集团公司
北京十月文艺出版社

新经典文化股份有限公司
www.readinglife.com
出 品

怪笑小说

目录

郁积电车	1
追星阿婆	21
一彻老爸	43
逆转同学会	65
超狸理论	89
无人岛大相扑转播	113
尸台社区	131
献给某位老爷爷的线香	163
动物家庭	199
后记	227

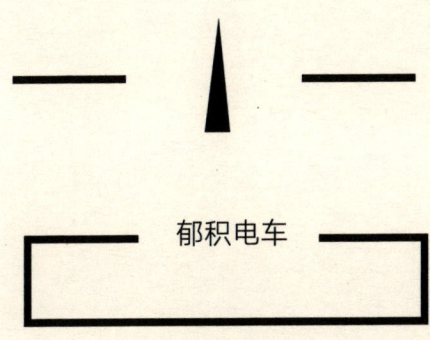

这班电车里每天都是同样的光景,单调得可怕。

晚上八点出头,这班从东京市中心开往郊外的私铁[①]快车相当拥挤,虽没到沙丁鱼罐头般的状态,却也很难从容地摊开报纸来看。今天不是假日,乘客大部分都是上班族。

前面的乘客刚好下车,让河原宏抢到了座位,真幸运。他的目的地是郊外的某研究所,路途遥远。

啊呀,太好了。提着这么沉的东西站上几十分钟,实在吃不消。

他轻拍了一下膝上的公事包,包里装着今天要送到研究所的样品。为完成这份样品,他没日没夜地熬了好几天,

---

①泛指除JR(日本铁路公司)外的各家私营铁路公司。

昨晚也只小睡了两个钟头。

疲惫的身体随着电车轻晃，感觉很舒服。没多久他就迷迷糊糊地睡着了。

喊，被他抢了。前面刚有个空座，却被旁边的上班族捷足先登，冈本义雄心里很不快。只发了一下呆就没抢上，谁能想到这么近的地方会有位子空出来？话说回来，这小子还真就大大咧咧地坐上去了，客气一下会死啊？年轻人站一站有什么关系！可恶，都没空位了吗？不知道是不是啤酒喝多了，头有点晕。说是去吃自助烤肉，吃着吃着就灌起了啤酒，想想也不是多上算。呼，哪里有空位啊？冈本义雄四下张望着，顺便大大地打了个嗝。

和田弘美一手紧握吊环，抬头望着车厢内悬挂的广告。那是昨天上市的女性周刊广告，其实她对这类广告并不感兴趣，但那个站在她右边的五十来岁的男人好像刚吃过烤肉，每次一呼气，浓郁的蒜味就扑鼻而来，臭不可闻，不把头扭过去简直招架不住。更要命的是，这人还不断地打饱嗝！她已打定主意，车一靠站就挪地方。

烦死了，这个臭老头！和田弘美眺望着广告标题"蔬菜瘦身法，你也瘦得下来"，心里暗自咒骂站在身旁的男人。你难道一点常识都没有，还是根本不知道自己呼的气有多臭？简直蠢得没治了，去死吧！

电车忽然减速,和田弘美一个趔趄,高跟鞋踩到了大蒜男的脚。她不是故意的。

"啊,对不起。"她条件反射地道歉,"你没事吧?"

"嗯,没事。"大蒜男笑呵呵地回答。一瞬间,混合着蒜臭和酒臭的气息直扑和田弘美脸上。

给我下地狱吧!她在心里怒吼。

"这电车还是晃得很厉害呢。"大蒜男说。

"就是啊。"和田弘美努力堆出笑容,佯作无事地再度看向女性周刊广告,心里诅咒的话早已滔滔不绝。

电车到站,车门打开。若干人下车,又有若干人上车。上来的乘客中有一位老婆婆。

看到老婆婆上车,高须一夫禁不住想咂舌。

他坐的是爱心专座。这班电车的爱心专座在每节车厢的两端,宽度只能容纳六个人。他急忙观察两边的乘客,左边是个和他年纪相仿的中年上班族,再过去是一个中年妇女和她的小孩,看样子母子俩刚购完物回来,右边是个年轻学生,学生旁边坐着个老人。

很好!高须一夫放下心来。这里面最该让座的就是那个学生,我可以免了。

但那学生似乎一门心思在看漫画。如果他不起来让座,老婆婆多半会把目标转向其他人。为防万一,高须一夫抱起胳膊,开始假装打盹。

田所梅一上车便拼命挤向车厢前方。她很清楚,这个时间段搭电车,与其寻找空座,还不如直接走到爱心专座前来得快。周围被她挤到的人厌烦地蹙着眉,但她只作不见,径自往前挤,终于来到爱心专座前。

那里坐着六名乘客,已没有空位了。

这些人怎么这么没常识?个个都装得好像没看见我。爱心专座明明就是给老人家坐的,年轻人有什么资格坐!为什么国家不严厉取缔这种行为呢?就因为没人管,害我老是站得很辛苦。日本能有今天的发展,还不是靠我们这代人的努力,真该好好教育时下的年轻人,对长辈要加倍尊敬。

田所梅把六个人扫视了一遍后,站到学生面前。她本想站到最前方的小孩面前,因为小孩平常在学校被教育"要为老人让座",一旦遇到机会,通常很乐意付诸行动,另外旁边的妈妈也很可能叫孩子让座。只是要走到小孩面前,还得再从人群中挤过去,她实在懒得费劲了。她还有一点顾虑——那是个男孩。女孩十有八九会主动让座,男孩却往往没那么乖巧伶俐。仔细看看旁边的妈妈,也是一副迟钝模样,可能购物太累了,脸板得水泼不进。田所梅飞快地权衡这些因素,最后站到学生前面。

但这个学生出乎意料地顽固,照旧盯着漫画杂志,根本没有抬头的意思。只要他不抬头,就不会发现老婆婆的存在,更不会想到要让座。

田所梅装作趔趄了一下,腿撞到学生的膝盖。

来,抬头吧!她在心里默念。你一抬头,我马上就说:"啊,不好意思,年纪大了站不稳啦。"说到这个分上,你总不能不让座了吧?

可是学生纹丝不动,看不出半点抬头的迹象。田所梅不由得撇了撇嘴。

你是故意的。明知道眼前站着位老人家,却生怕一抬头就得让座,故意装作埋头看漫画,真是厚颜无耻!田所梅瞪了一眼学生微卷的头发,把视线移向旁边乘客略显稀疏的脑袋。没办法,换这位吧。

透过老婆婆轻微的身体移动,高须一夫察觉到她已将目标换成了自己。他立刻抱紧胳膊,眼睛也紧紧闭上。在这之前,他一直眯着眼睛偷看动静。

我也不会让!高须一夫在心里嘀咕。工作了一整天,我已经累得死去活来了。大清早就爬起床,在比这拥挤一百倍的电车里摇来晃去,到了公司已经脱掉了一层皮,还得忙着整理报告,向那帮头脑顽固的董事汇报,指示浑浑噩噩的部下办事,讨客户欢心,连社长杯高尔夫球赛都要负责筹备。忙成这样，拿的薪水却少得可怜。就连这份微薄的薪水，还要被东扣西扣，结果买不起市区的大房子，只能在乡下安家。又因为住在乡下，上下班更加累人，整个就是恶性循环。总之都怪扣的税太多了，其中最不能接受的就是养老金，交了那么多钱，也不知道以后老了领不领得到。我交的养老金到底花到什么地方去了？恐怕都进了这种老太婆的腰包。照这么说来，我对老人做的贡献够充分了，既然这样，既然我已经付出了这么多，为什么现在还非要我让座不可？什么爱心专座！上下班时间要这种东西干什么！老年人就别在高峰时段出来转悠了，要搭电车，不会挑白天的空闲时间啊！

高须一夫刻意发出低低的鼾声。与此同时，他一腔怒气都转向了旁边的学生。他早发现这位其实根本没看漫画，因为始终一页都没翻过。很明显，他假装专心看漫画，实则在躲避老婆婆的攻击。真是个卑鄙的家伙！

正如田所梅和高须一夫看穿的那样，前田典男虽然膝上摊着漫画杂志，其实丝毫未看。他倒也不是因为发觉老婆婆站在身边才这么演。别看他低着头，视线却瞄向斜对面。那里坐着个年轻女子，看样子不像白领，他猜应该是女子大学或专科学校的学生。不过这不重要，他只顾盯着她的下半身。女子穿着紧绷的黑色迷你裙，而且还跷着腿，使得本来就短的裙子愈发往上缩，大腿几乎全部露在外面。前田典男紧盯着她双腿交叠的部位。

坐这个位子真坐对了。他暗自偷笑。不知道她会不会换条腿跷啊？那样说不定就看得到了。嘿嘿嘿，嘿嘿嘿嘿。

可是他的幸福并没有维持很久。新上来的乘客正好站在他和女子中间，提的公事包挡住了女子的下半身。

啊，该死，快让开！大叔，至少把公事包挪一挪！

那位大叔应该听不到他内心的呐喊，但居然真的挪了位置。他不禁喜上心头。可这份喜悦转瞬即逝。就在被公事包挡住的一眨眼工夫里，女子不仅放下了跷着的腿，还把手提包搁到膝上，防止别人偷窥裙底风光。他忍不住"啧"了一声。

中仓亚希美紧握着膝上的手提包把手，瞪着左斜前方身穿灰色西服的男人。此人四十六七岁光景，看起来像是公司职员，正摊着一份经济日报在看。

就他这个德行，竟然在一流企业上班！

她早就发现坐在右斜前方爱心专座的学生假装看漫画杂志，时不时偷瞄一眼自己的大腿。这种事对她而言是家常便饭，她一向认为，要是每次都很介意，还不如干脆别穿迷你裙。她作风大胆，碰到这种时候反而会故意变换跷腿的姿势，饶有兴味地观察对方兴奋的眼神。

但左斜前方的那个男人让她难以忍耐。此人一直煞有介事地装作看报纸，目光却色眯眯地顺着她的脸、胸、腰、腿一路偷瞄下来，而且视线掠过大腿时，移动速度明显放慢。那种眼神完全是把她当成了意淫的对象，充满这一年龄段的男人特有的下流恶毒。

装得人模人样的，真是个色老头！那么想看的话，就来求我啊！什么"求你让我看看裙底春光吧""请让我看你的内裤"，倒是说来听听啊！哼，会给你看才怪！

亚希美站起身，从行李网架上拿下纸袋，放在膝前。

用眼角余光瞄到年轻女子把纸袋搁到膝前，佐藤敏之顿时气不打一处来。

干吗干吗？怎么忽然搁了个纸袋？啊，还瞪我。这算哪一出嘛，我可是什么都没做。他哗哗地翻着报纸，但并没有看报道。你这个样子，不就好像怕我偷看裙底吗？才、才、才没有这种事。好啦，我是有点好奇，瞄了两眼，可也就这样而已，这也是人之常情啊！那边那个男的、那个男的，还有这个男的，绝对都偷看了。这么多人，为什么偏偏只瞪我？哗哗哗……哗哗哗……本来嘛，你穿的裙子这么短，别人不盯着看才怪。不对，应该说，穿这种短裙的女人根本就是暴露狂，巴不得别人来偷看。既然这样，干脆就大大方方地露出来嘛。那、那样半露不露地吊什么胃口，直接痛快分开大腿算了，反正、反正、反正你也不是原装货了吧。应该不可能还是处、处女，早就跟各色各样的男人搞过了吧。看你那身体，那胸脯、那腰肢、那屁股，肯定成天在男人堆里鬼混。现在的小姑娘都这样，随随便便就跟男人上床。可恶！我们年轻的时候就没这么好命，现在的小子真舒服，那样的女人一下子就搞到手了。可恶！可恶！我也想有这种机会啊，真想玩玩年轻的肉体……哗哗哗……哗哗哗……

这大叔简直烦死了！看到旁边的中年人不停地翻经济日报，山本达三老大不耐烦。失业的他跑去赌自行车赛，结果输了个精光。这种时候看到公司职员阅读经济日报，无异于在刺激他的神经。

你这家伙分明是故意的，纯粹就是想卖弄自己是精明能干的白领，我一眼就看透了！在你们这些混账看来，我们这种人就是十足的窝囊废吧！

山本达三从裤子后口袋里摸出一份报纸。那是他上电车之前，从垃圾箱里捡来的体育日报。为了讽刺旁边那人，他刻意也把报纸翻得哗哗作响，然后看起娱乐版新闻。

看到身旁工人模样的男人翻开体育日报，葛西幸子不禁皱起眉头。男人看的版面登着少女的彩色裸照，好像是一篇介绍色情行业的新闻。照片里的少女揉着胸部，摆出销魂的表情。

下流胚！葛西幸子移开视线，绷着脸扶了扶眼镜。就因为社会对这种男人太过纵容，女性的地位才一直得不到提高，办公室里的性骚扰也丝毫没有减少。到了年底，照样会有合作客户送来裸女写真挂历，也照样有愚蠢的男同事看得津津有味。公司给这帮笨蛋支付高薪，对我们却小气得要命。明明我的工作能力比他们强得多，只因我是女人，待遇就天差地远。说起来，我们那个饭桶科长今天又跟我提起结婚的事，拐弯抹角地暗示我嫁不出去，还说什么"是不是到了三十六七岁就不再向往结婚了啊"。这口气，太瞧不起人了！向往结婚？真无聊！结婚只会影响工作。

电车再度靠站，又上来一拨乘客。看到在自己面前站定的这位，葛西幸子顿觉丧气。这位乘客穿着孕妇装。

现在怎么会有孕妇上车？稍微动下脑子不就能知道这个时段有多挤吗？难道你不知道这会给大家添麻烦？哦，我明白了。你每天待在家里优哉游哉地当主妇，所以这么缺少社会常识。完全依靠男人过日子，最后就会变成这样。哎，讨厌！

葛西幸子站起身，向孕妇露出微笑："你坐这儿吧。"

"啊呀，那怎么好意思。我站一下不要紧的。"孕妇微微摇手。

"不用客气，我很快就下车了。"

"这样啊,真是不好意思。"孕妇点头道谢,坐了下来。

哼,看你那表情,俨然觉得别人给你让座是天经地义的,好像怀个孕多了不起似的。不就是跟老公风流快活的结果吗?连猪狗都会怀孕好不好?葛西幸子把目光从孕妇身上移开。

西田清美知道周围投向自己的视线并非都出自善意。

我也是没法子,她暗想。怀着孕仍有事要办,不得不赶在这个时间段搭电车。要是有可能,我也不想挺着大肚子在外面跑啊,简直辛苦死了。还好有人让座。话说回来,这也是理所当然的。怀孕可是件很伟大的事情,我正在孕育一个新的生命。这种崇高的感觉,刚才这位女士也感受到了吧?西田清美挪了挪屁股。可这位子有点挤啊,没有人再站起来让一下吗?那样就能坐得更舒服了。唉,真没眼色,难道都没看见我挤在这儿?我可正怀着孕哦,就不能照顾照顾吗?真是的,谁倒是说句话啊。

和孕妇西田清美一样,阿部菊惠刚才也是抢先冲进车厢,但到现在还没弄到座位。她抓着吊环,不住四下张望。

唉,郁闷!没有空座啊。那孕妇倒是够机灵,站到个看起来会给她让座的女人面前。只怕没人会给我让座吧。我胖归胖,可不像是怀孕的样子,只是个发福的中年妇女。讨厌,袋子真沉,什么东西这么重啊?哦,刚买了米,足有五公斤呢，是挺重的。哎哟，就没人要到站吗？啊，那个小男孩好像要站起来，是下一站要下车吧？

距离阿部菊惠三米远的地方，一个看似上完补习班回家的小学生欠身站起。

"借光，借光，麻烦借光。"她用购物袋冲撞着周围的乘客，奋不顾身地向那边冲去。一路上颇有人不耐烦地咂舌，但她毫不在乎，终于冲到了目的地。那小男孩空出的位子只有二十厘米宽，但她顾不得多想，这种时候抢到空座才是头等大事。

令这个位子只有二十厘米宽的，不用说自然是两旁的乘客。一个是女白领藤本就子，另一个是上班族市原启介。

看到胖胖的中年妇女朝旁边的座位奋勇冲来，两人的想法几乎如出一辙。

哇，她该不会要坐过来吧？

真不敢相信，那么肥的屁股怎么可能挤得下？

别乱来啊！哇！她过来了，她真要坐到这里！

看她那一脸假笑……啊，屁股挤过来了，这么肥的屁股，不可能坐下，不可能，绝对不可能！

阿部菊惠的屁股少说也有五十厘米宽，要挤进只有二十厘米的位子，势必多出三十厘米的赘肉无处安放。于是她把两边相邻乘客的屁股硬生生分别挤开了十五厘米。市原启介另一侧还有别的乘客,好歹有点腾挪余地,悲惨的是坐在座椅最边上的藤本就子,夹在阿部菊惠的屁股和扶杆之间,被挤得够呛。她忍无可忍,霍然站起,低头怒视这中年妇女,以为对方至少会道个歉,没想到完全不是这么回事。中年妇女只顾乐颠颠地补上空位,又把购物袋搁在剩下的一点空当上,不但没半分歉意,根本就是满不在乎。

死老太婆!藤本就子狠狠瞪着中年妇女,刻意拉了拉刚才被她的屁股压皱的外套。女人堕落成她这样就算完了。恬不知耻,打扰了别人自己还不知道。看她穿得那个穷酸样,烫了个乱蓬蓬的大妈头,化妆差劲得还不如不化。最要命的是,她怎么会胖成这德行?哎,真讨厌!我就算年纪大了,也绝对不变成她这种黄脸婆!

阿部菊惠并非没注意到藤本就子的视线。

这女的怎么回事,老瞪着我。哼,你们现在年纪轻不懂,女人一旦上了岁数,生活压力可是很大的。再不会有男人宠着你了,干家务干得累死累活,又没钱,搭电车时哪还有心思要形象不要位子。哼,你们很快就会懂的,反正早晚都会变成我这样。

我才不会变成你那鬼样,死也不会!

会哦会哦,百分之百会哦。你也一样,所——有人都一样。

两人间迸射出无形的火花,自然,其他人都浑然不觉。

"妈妈,我想坐下来——"福岛保那幼儿特有的尖锐童声,让电车里的气氛愈发紧张。

"乖,等一下下,妈妈看看有没有空位啊。哎呀,好像不行呢阿保,都坐满了。"福岛保的母亲洋子环视周围,遗憾地说。这对母子是上一站上车的,穿着同一款胸口印有大象图案的运动衫,牛仔裤也是母子装。

"不管不管,我就是想坐嘛!"福岛保啪嗒啪嗒地跺着脚,径直蹲到地上,"我要坐下来,妈,我想坐!"

"啊呀,阿保,不能坐那儿,会把屁屁弄脏的。你看你看,这边看得到外面的风景哦。"洋子把儿子拉起来,带他走到车门旁,一边走一边张望有没有空位。

没有人起来让座吗?这孩子都这么明白地说出来了,这么可爱的孩子说想坐下,为什么谁也不肯腾个位子?让一让有什么关系?真是冷漠无情!

"哇啊!"福岛保大叫起来,"我要坐下,我累死啦!"

"嘘——"洋子把食指竖到唇前,"安静点,你看,别人都没大喊大叫,对吧?乖哦。"迫于周遭眼光的压力,她不得不出声教训儿子,但心里并不觉得儿子有什么不对。

干吗干吗!不就是小孩子声音大了点嘛,至于个个一脸厌烦的样子吗?这么小的人儿,怎么怪得了他。我家阿保很敏感的,和其他小孩完全不同。你们看哪,他这脸蛋多可爱,看到这张小脸,谁还生得了他的气?下回他就要去报名参加儿童模特甄选,而且稳选得上,因为他长得这么讨人喜欢。很快他就会成为明星,让所有人大吃一惊。到那时候,他才不会再搭这种烂电车呢!

"我想坐下,我想坐下,我想坐下,我想坐下!嗷嗷——"福岛保开始怪声尖叫。

真想把这小鬼掐死!浜村精一从报告上抬起头,瞪着旁边大吼大叫的小孩。明天有个会议,他必须牢牢记熟手上的报告内容,所以连搭电车时都抓紧时间埋头细看。可自从这对该死的母子上了车,他就再也没法集中注意力,一个字都看不进去。

"小弟弟,要不要坐我这儿呀?"浜村冲小孩开口。小孩看了看他,又忸忸怩怩地抬头看妈妈。

"啊呀,这怎么好意思。"女人的语气带着几分歉意,却早把小孩推了过去,用肉麻的语调对他说,"那你就乖乖去坐吧。"

浜村精一刚一站起,小孩就像猴子般飞快地扑上座位,面朝车窗跪在位子上。

"哎呀,不可以这样,要把鞋子脱掉。"妈妈替小孩脱掉鞋子。

"这孩子真可爱。"浜村讽刺地说。到底哪里可爱了？简直跟猴子没两样。儿子不懂事，当妈的也傻乎乎的，都给我去死吧！

"你过奖啦。"福岛洋子得意得鼻孔都张大了。是吧，很可爱吧？再多夸几句呀。

可惜她的愿望落了空，浜村精一再没多说就走开了。

藤本就子心想，真是个蠢女人！这种女人要不了多久就会吹气似的胖起来，最后变得跟这厚脸皮的中年妇女一样，缺根筋！迟钝！完全不适应社会！

阿部菊惠心想，这女的又在瞪我了。哼，爱瞪不瞪，我们家庭主妇可是很辛苦的。看那个年轻妈妈，光一个小孩就搅得她手忙脚乱了，这种滋味你很快就会懂啦！

西田清美心想，真叫人看不下去，那个妈妈像什么样嘛，我以后才不要变成她那副德行。还有那个小孩，一点都不招人爱，万一我生出那种小孩可怎么办？不，不可能，这可是我和他的孩子，怎么会呢！挤得真气闷啊，就没有人关心一下我？

葛西幸子心想，为什么总有这么多女人拖我们后腿？那个妈妈，还有这个孕妇，有没有想过女人应该独立自强？哎，讨厌死了。就因为你们这样，女人才会被男人看不起。啊，那个男的，又在看体育日报的下流新闻了，他到底长的什么神经啊?

山本达三心想,旁边那大叔还在哗啦哗啦地翻经济日报,烦死人了。还有,那发蜡的气味也太臭了吧,就不能替别人想一想?

佐藤敏之心想,对面那小姑娘又在瞪我了,就好像我干了什么亏心事似的。我啥都没做,不过瞄了一眼胀鼓鼓的胸口而已,这有什么大不了嘛!明明平常都跟各色男人搞、搞、搞过了,而且来者不拒,只要给钱,跟谁都可以上床,电车里瞟上几眼算什么啊?算什么啊!

中仓亚希美心想,色老头,盯着我看个没完。瞧你那脑满肠肥的模样,我都快吐了。啊,那个学生也还在偷看我,这些人真是够了!

前田典男心想,看不到吗?真的看不到吗?哪怕就瞥一眼也好,好想看看这妞儿迷你裙底的春光啊……

高须一夫心想,你这老太婆有完没完,就不能别的地方挪挪?我是不会让座的,要一直坐到下车为止。工作了一天我已经筋疲力尽了,今天的日本就是靠我们的辛劳支撑起来的,在电车里休息一会儿有什么不对?一毛钱也不挣的老年人待在家里就得了,少来妨碍我们这些社会中坚!

田所梅心想,这些家伙全是人渣,眼看着老人家站在面前,竟然谁也不肯让座。既然这样,我反倒非要逼你让座不可。你不让座,我绝对不走开!

和田弘美心想,啊,我再也受不了了。好不容易刚躲离那满嘴蒜味的老头,又来了杆老烟枪,身上的烟味简直冲得要命,快得上肺癌死掉吧!

冈本义雄心想,可恶,完全没有空座,怎么会这样?

电车再度靠站,车内广播报出站名。

直到车门即将关闭时,打盹的河原宏才倏地惊觉,跳下电车。真是惊险万分。

"呼,好险,差点坐过站。"他正要迈步向前,忽听公事包里传来咻咻的声音,不由得心头一凛,急忙打开包。那里放着两小瓶气罐,其中一瓶的阀门没拧紧,气体正不断漏出。他不禁暗叫不妙。

这是受警察厅委托研制的自白气体,人一旦吸入,就会忍不住把内心的想法尽数说出。

他看了一眼手表。这种气体在被人吸入一定时间后才会生效。他回想自己搭上电车的时间,发现差不多快要生效了。

算了,电车里都是萍水相逢的陌生人,谁也不会有什么话不吐不快吧?

他望向轨道前方。

电车已消失无踪。

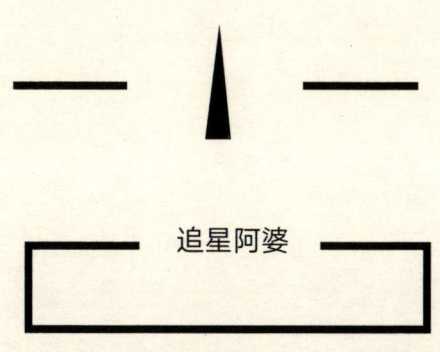

歌谣秀迎来了最后的高潮。

身穿金光闪亮西服的杉平健太郎，演唱着他最受欢迎的歌曲《雨恋音头》，缓缓走向舞台中央。他微侧着身，顾盼神飞，全场观众开始随着旋律打起拍子。

胜田茂子大张着嘴，目不转睛地盯着舞台，她已完全沉浸在现场的气氛中。

就在这时，坐在她旁边的老太太忽然站起来，从脚边的袋子里取出花束，风风火火地冲下台阶。仔细看时，其他观众也同样冲向台阶下方的舞台。她们都拿着花束或纸袋，拥挤着围在舞台前方，争先恐后地把手上的礼物递向杉平健太郎。

刚才从茂子旁边起身的老太太用手压着身旁妇人的脑袋，拼命把握着花束的右手向前伸，让茂子联想到极力向母亲伸嘴讨食的雏燕。

杉平拿着麦克风向她们走去，首先接过那位老太太递出的花束，用握着麦克风的手臂抱住，再把空出来的手伸向她。老太太欣喜若狂地和他握手，那一情景从茂子的座位也看得清清楚楚。

杉平弯下腰，很有礼貌地和其他观众逐一握手。握到手的观众都露出死而无憾的表情，各自回到座位。

坐在茂子旁边的老太太也回来了。幽暗的光线中，她脸颊上泛起的红晕依然清晰可见。

杉平唱完《雨恋音头》，谢过观众，帷幕便落了下来。但演出自然不会这么简单就结束，全场观众不停地鼓掌，帷幕再度升起。杉平再次登上舞台，掌声越发热烈。

返场后，杉平又唱了两首歌，方才真正落幕。

茂子被其他观众推挤着走出剧场，脑中还有点恍惚。外面凉风习习，感觉很舒服。

迈步走向车站时，她又回头看了一眼剧场的宣传板。"杉平健太郎特别公演"这行字旁边，是杉平面露微笑的照片。他一身侠客装束，因为在歌谣秀之前演出的剧目是《浪子恋情》。

宣传板上的杉平眼神温柔，仿佛正对茂子脉脉相望。她不禁心头一热。

"这是推销报纸的人送的，我们家没人去看，胜田太太你有没有兴趣？"前几天茂子在公寓门口遇到了隔壁主妇，那人一边说一边从围裙口袋里拿出一张门票。其实茂子和她并不是很熟，大概对她来说，这张票送给谁都一样。

门票上印着"杉平健太郎特别公演"的字样。

"咦，杉平健太郎？"

"没兴趣的话，你就随便处理好了，无所谓。"

"这样啊，那我就不客气啦……"

不等茂子说完，主妇已转身走开。

茂子再度望向手上的门票。她早就知道杉平健太郎这位演员，也听说他的影迷都是中老年妇女。如同印证这种说法一般，茂子在医院遇到的老人中，就有几位是他的铁杆影迷。但听着她们的讨论，茂子心中充满鄙夷，觉得何必这么迷恋区区一个演员？为这种事花钱真傻。

而现在她拿到的，正是这位杉平健太郎的公演门票。

该如何处置呢？茂子忖道。若在往常，她会选择把票卖给熟人，而且早早打好算盘，出价两千元应该会有人要。但这天她忽然心血来潮，觉得偶尔看看这种演出也不赖。

她并未抱任何期望，出门时只当是去消磨时间。

然而——

杉平健太郎本人太帅了。演戏的时候威风凛凛，唱歌的时候深情款款，谈吐也令人如沐春风。

想不到世上竟有如此完美的男人！

当晚，茂子兴奋得久久无法入睡。

次日早上六点一醒来，茂子就伸手拿起昨晚放在枕边的宣传册。浪子打扮的杉平健太郎温柔地微笑着。光是看着这张照片，就仿佛重温了昨晚的兴奋感受。

那出戏真好看啊，还有那首歌……

她还想去一次。看宣传册上的介绍，公演为期三天，今天和明天还将继续演出。

可已经没有免费票了，要去就得自掏腰包，从生活费里拿出好几千元。一念及此，她就觉得胃隐隐作痛。

胜田茂子在邻里老人间出了名的小气，再加上她是大阪人，一口关西腔，更是令别人加深了这种印象。她确实极其节俭，不讲究穿着，平常总是粗茶淡饭，不订报纸，没有电视，连收音机也没有。

茂子无依无靠，自从前年长期看护的老伴离开人世后，她就一直独自生活。收入只有少得可怜的养老金，老伴留下来的存款和保险金是她唯一的精神支柱,"能省一分是一分"也就成为她维持生活的手段。

茂子再次望向宣传册,杉平健太郎依然在朝她微笑,笑容爽朗温柔。

不行,越看越心痒,我哪有闲钱这么浪费!

她把宣传册塞到棉被下,打算就此忘记杉平健太郎。

但想是这么想……

这天下午,茂子又出现在昨天来过的剧场前。还没到开演时间,她犹豫着是否要进去。就在她徘徊不定的当儿,观众络绎不绝地进入剧场,每个人看起来都很幸福。

一个老太太来到现场售票处,从手提袋里取出钱包。

"还有票吗?"她问。售票员回答了些什么,她听后微微点头:"嗯,有票就好,位置无所谓的。"

老太太交了钱,拿过从窗口递出的门票,向剧场入口走去。

对哦,再磨蹭下去,门票说不定就卖光啦!

想到这里,茂子焦急起来,开始觉得没时间再犹豫了。

回过神时,她已来到售票处,打开了钱包。递出几张千元钞的时候,右手不禁微微颤抖。

但演出一开始,茂子就把钱的事抛到了九霄云外。杉平健太郎真是太帅了,风流潇洒,造型迷人。虽然是和昨天同样的戏码，唱的也是同样的歌，茂子却比昨天更感动兴奋，拍手直拍得掌心通红。到了返场时间，她依然鼓掌鼓得比谁都热烈。

啊啊，杉平健太郎太棒了！这么出色的男人，看多少次都不会腻啊！

和昨天一样，茂子晕晕乎乎地踏上归途。但当她顺道走进超市，打开钱包想买些菜做晚餐时，就被无情地拉回了现实。

不行……

她顿时陷入绝望，醒悟到自己花了不该花的钱。

她什么也没买就离开了超市，晚饭用酱汤和咸菜对付。她告诉自己，以后真的、真的要忘掉杉平健太郎了。

这个决心一直维持到第二天上午。

不，应该说，只维持到第二天上午而已。到了下午，茂子开始坐立不安。

一想到杉平健太郎的演出即将开始，她的心情就无法平静，总想着如果马上出门，还赶得上开演。她用自制力压下了冲动。不能再干傻事了，哪有那么多闲钱啊，快忘记杉平健太郎吧！

可是，她做什么事情都心不在焉，正洗着碗就出神停手，任由自来水不停流淌。觉察到时，她十分懊悔浪费了这么多水费。

烦恼到最后,茂子还是来到了剧场。她在心里默默对自己说:

今天是最后一次,真的是最后一次了。反正公演今天就结束,从明天起想看也看不到了。就当是彻底做个了结也好,今天就抛开一切,尽情地享受吧。

虽然打定了主意,买票时她还是无比心疼。唉,这么多钱,够买多少营养食品啊!

但当她一看到杉平健太郎出现在舞台上,这种想法立刻烟消云散。她全身心地陶醉在演出中,度过了一段如梦似幻的时光。

回到公寓附近,悔恨的风暴席卷了茂子的心。今天她不光看了演出,离开剧场时还冲动地买下了杉平健太郎的签名海报。若是在以前,她一定会愤愤地说不就是一张纸嘛,凭什么卖这么贵;但现在一看到海报上的杉平健太郎,她就像中了催眠术似的乖乖打开钱包。

算了,今天是最后一次,就当是纪念吧。

当晚,茂子凭咸菜对付了晚饭。

戒断症状在一周后出现。

以茂子的状态,能撑上一周已经很不简单了。这都是那张海报的功劳。茂子整天凝望墙上的海报,一个人会心地微笑,有时还对着海报说话,多少纾解了想见杉平健太郎的欲望。但一周过后,海报已不能满足她了。她渴望亲眼看到杉平健太郎,看到他在舞台上深情地唱歌,挥洒自如地谈笑,身手不凡地展现功夫。

茂子开始频频前往附近的公园,只为捡拾垃圾箱里被丢弃的报纸来看。她当然不会对新闻报道感兴趣,看的全是报纸上演唱会或舞台演出的宣传广告。而这些她以前根本不屑一顾。

持续跑公园的第五天早晨,茂子终于找到了想要的消息。下周起杉平健太郎将在邻县 K 市举行公演,广告旁还注明"门票火热销售中"。

K 市……啊,杉平健太郎要到 K 市演出。

去 K 市单程需要一个半小时,公演和上次一样为期三天。

茂子感到迫不及待。虽然看到票价时简直喘不过气来,她还是决定先不想那么多,把报纸广告页面撕下带回了家。

下一周,茂子一连三天前往 K 市。一想到能见到杉平健太郎,一个半小时的路程根本不值一提。她还下了一个决心:从今往后决不吝惜门票钱。看不到杉平健太郎的公演有多么痛苦,她已经刻骨铭心地体会到了。

买B席的票就不会太破费,这笔开销就从其他地方省出来好了。想看的时候就去看吧,茂子如此决定。

但仔细一想,她压根就没有不想看的时候。只要是当天可以往返的距离,不管哪里她都会前往观看,甚至有连续跑上一周的纪录。在此期间,她的晚饭全是加了酱油的乌冬汤面。若在平常,她一定会体力不支,但——

只要能见到杉少爷,什么样的苦我都能忍受!

靠着这份信念,她总算撑了过来。

就这样,茂子每天都去"朝圣"。有一天,一位影迷会的女会员找上了她。这位女士年纪和她相仿,穿着打扮却和她截然不同。不消说,自然是对方比较光鲜亮丽。

女会员告诉茂子,常在演出现场看到她,于是想打个招呼,还邀请茂子加入影迷会。"入会后就能拿到印有杉少爷公演预定日程的会报,门票价格也有优惠,而且……"女会员压低声音说,"公演结束后,还可以到后台和杉少爷交流。"

"和杉少爷交流?"茂子瞪大了眼睛。这听起来简直像做梦一般。"我要加入,我要加入!请务必让我加入!"

就这样,茂子加入了影迷会。看完入会后的第一场公演,茂子和其他几名会员一起来到后台。杉平健太郎出现在她们眼前。

"非常感谢大家捧场，以后也请多多支持。"说着，杉平和她们逐一握手。茂子兴奋得双腿发抖——心心念念的杉少爷就在眼前！在她伸手可及的地方！

杉平也和茂子握了手，并对她说："今后也请继续支持我哦。"

茂子感觉血液如火山喷发般涌上脸颊，全身炽热发烫。她轻轻应了一声，声音纤细得宛如回到了少女时代。之后发生的事情她记不太清了。回过神来时，她已回到家中。她的脸颊还有点发烫，耳边回响着杉平的声音：今后也请继续支持我哦……

可慢慢冷静下来后，茂子的心情陷入低潮。她看着玻璃上映出的自己。

怎么是这副穷酸模样呢！头发乱糟糟的，妆也没好好化。杉少爷一定觉得我是个邋遢老太婆。茂子好几年没添置过新衣服了，也没有买过鞋、手袋和饰品。她认为自己已过了花钱买这些东西的年纪。

但一想到今后或许还会见到杉少爷，她就觉得不能再像现在这么寒酸，至少不能被其他人比下去。

次日，茂子去银行取出一些存款，顺道进了美容院，然后直奔从美容院打听到的高级女装店。回到公寓时，茂子两手提满了纸袋，取出的钱已花得分文不剩。

加入影迷会后短短三个月，茂子定做了五件套装、两件和服，买的鞋超过十双，每个月都去美容院，拥有的化妆品的数量也直线上升，还买了新的梳妆台。

原本用来保障生活的存款眼看着愈来愈少。不可思议的是，茂子看到存款数额时很心疼，花钱的时候却毫不犹豫。为了杉少爷，就算花费十万、二十万也在所不惜。

进一步重创茂子钱包的，是首饰的开销。起初茂子没有留意，后来才发现影迷会的其他会员每次和杉平健太郎见面，都会佩戴不同的饰物。"老是戴同样的戒指，万一握手时被杉少爷发觉，那多丢脸啊。"一名会员向她解释道。

茂子没买过什么像样的饰品，所以根本没想过这个问题。但听她这么一说，又觉得很有道理。就算换了新装，如果首饰一成不变，仍算不上完美。

就这样，茂子又开始光顾珠宝店。为此她自然要从银行里取出相应的存款，这笔钱数额之大是置装费和伙食费无法比拟的。

不行，这样下去我会破产！

每次看到存款余额，茂子心情就很沉重，但想见杉少爷的热念却日益高涨。现在她不单去周边城市，只要有杉平健太郎的公演，全国各地她都跟随前往。这样自然需要住宿，费用也就水涨船高。因为她这么热心地看演出，最近杉平健太郎似乎也对她有了印象。去后台见面的时候，他总会说声："谢谢你每次都来支持我。"仅此一句话，茂子因花销产生的愁闷顿时烟消云散。一想到杉少爷留意到了自己，她就高兴得飘飘然。

钱算什么？就算有金山银山，不花还不是和没钱一样！存折又不能带到黄泉，只要把钱花在杉少爷身上，我现在就能享受到如在天堂般的快乐。

为了杉平健太郎，茂子可以忍受任何痛苦。她能省则省，在生活费上连一块钱都舍不得多花，每天只吃两顿，而且永远都是粗茶淡饭。

去遥远的城市观看公演时，她也绞尽脑汁地省俭。如果和影迷会的会员一同前往，就要搭新干线，住豪华宾馆，所以茂子总是和她们约在当地会合，独自搭乘夜间长途客车前往。住的全是便宜旅店，天气好时，甚至在车站候车室坐到天亮。

衣服也尽可能地在特卖场购买，但又总得在杉少爷面前显得体面才行，所以她总是分外认真地精挑细选，连跑多家百货公司也是常事。

至于首饰，则是通过反复打造来降低成本。昨天的戒指今天就变成了胸针,一个月后又成了吊坠。

"为什么您要这么频繁地打造呢?"

珠宝店老板不解地询问,但她并未说出实情。

茂子成为杉平健太郎的影迷已逾两年,年纪也迈入七十高龄。

这天她一早就坐在梳妆台前化妆。傍晚在当地的县民中心有杉平健太郎的独唱会,而且她打算到舞台前献花。这种经历她从未有过,兴奋得心怦怦急跳。

特地为了今天购买的套装用衣架挂在墙上,项链和戒指都准备了新品。美容院昨天已经去过,鞋是全新的,老花镜也换了镜片。一切都完美无缺,只剩下化妆了。

为遮盖皱纹,茂子往脸上涂上又白又厚的粉底,抹上鲜艳的口红,再画上黑色眼影。这两年来她的妆容已浓得吓人,但她自己并未发现。与其说希望变得更美丽,倒不如说她是一心一意想掩盖自己的老丑。

茂子在梳妆台前坐了约两个小时。化妆花费的时间已越来越长,但她从未察觉。

化完妆,她仔细端详妆容,然后站起身想去穿套装。

一瞬间,强烈的眩晕感袭来,她眼前一片漆黑,脑中天旋地转,不辨方向。只听咚的一声,她已倒在榻榻米上。

哇！晕得真厉害！她一面想，一面努力撑起身，却丝毫无法动弹，并慢慢失去了意识。

发现胜田茂子倒在家中的，是公寓的房东。茂子楼下的住户听到一声巨响，担心出事便联系了房东，他用备用钥匙开门进入房间。

房东是个胆小的中年男人。发现茂子时，因惊吓过度，他差点当场瘫软在地。乍一看到茂子的脸，房东还以为她是因罹患某种恶性传染病而身亡，那宛如木乃伊般的枯瘦身躯更是平添了恐怖感。过了十几秒，他才看出那张脸是化妆过浓才变成那副尊容，但这时他已吓得尿了裤子。

茂子并没有死，只是昏了过去。房东急忙请来附近的医生。看到茂子时，医生也吃了一惊。"她是营养失调，"医生诊着脉说，"身体严重衰弱，似乎很久没有好好吃饭了。"

"看来是这样。"房东瞥了一眼流理台前方，那里放着一个塑料袋，里面装满吐司边——这种边角料可在面包店免费讨到。

"她不缺钱吧？"医生问。

"嗯，应该不缺。"房东环顾着室内点头回应。刚才他的注意力都在茂子身上，一时没发现房间也相当诡异。墙上贴满了海报和挂历，连天花板也没空着，真不知她是怎么做到的。这些照片拍的都是同一个人。"想不到老婆婆竟然有这种爱好。"

胜田婆婆最近外出时打扮格外光鲜的消息,房东也曾有所耳闻。当时他还开玩笑说,是不是在老人会里遇到情投意合的老爷爷啦,没想到居然是迷上了杉平健太郎。

"不能就这样不管,最好尽快让她住院。"医生说。

"那我去找个人开车送她过去。"

"嗯,就这么办。我先回医院,你们马上送她过来。"

房东和医生一起走出了房间。

等到他们脚步声远去,茂子睁开了眼睛,心想这下麻烦了。她转过身看闹钟,已过了下午四点。

不得了,独唱会要开始了!如果继续待在这里,就会被送到医院,那样就看不了独唱会,也见不到杉少爷了。

茂子使尽全身力气爬起来,把套装连同衣架一起拿下,将手袋夹在腋下,穿上新鞋就出了门。她还没有恢复平衡感,走起路来跌跌撞撞,东磕西碰地好不容易离开了公寓,幸好没被房东发现。路人纷纷为之侧目。

她实在无力转搭电车了,于是决定乘出租车。自从丈夫过世,这还是她第一次叫出租车。可是,没有一辆车愿意停下来。虽有空车驶过,却都不理不睬地径直开走。见出租车老是不停,茂子还以为好久没坐,叫车的方式已经改变了。她做梦也没想到是自己打扮太怪异，才让所有出租车司机敬而远之。

但毕竟还是有好奇心浓重的出租车司机。不知过去了多少辆车之后，终于有一辆停在她面前。"请问您要去哪儿？"司机问。

"去杉少爷那里。"茂子说。

"什么？哪里？"

"都说了杉少爷那里，当然就是县民中心，还不快点！"茂子唾沫横飞地嚷道。

路上没有塞车，出租车顺利地朝目的地驶去。但茂子还是焦虑不安，一来怕赶不上开演，二来担心不知要花上多少车费。每次看到计价器一跳，茂子的心就跟着狂跳。

刚到县民中心附近，茂子就下了车，因为车费若再增加，她可能会负担不起，而且她需要找个地方换上套装。

看到两栋大楼间有条狭窄的小巷，茂子走了进去，脱下身上的灰色休闲衫，开始换上套装。这时刚巧来了个流浪汉，看到她半裸的模样，吓得慌忙逃了出去。

茂子手忙脚乱地换衣服，反而浪费了更多的时间。她急得汗如雨下，一直流进眼睛。她用手背拭去汗水，浓妆艳抹的脸顿时变成了抽象画，但她根本无暇注意。

经过一番苦战，茂子终于换好衣服，首饰也佩戴齐整。

现在可以齐齐整整地去见杉少爷了,她边这么想边走出小巷时,又一阵眩晕陡然袭来。

不行,不能倒在这里。

她竭力想稳住脚步,身体却不听使唤,摇摇晃晃地上了车道。

正巧有辆车疾驰而来。

嘎吱一声紧急刹车后,只听一声闷响,茂子重重栽倒在路面上。

"啊,糟了!"尖叫的不是司机,而是坐在汽车后座的佐藤良雄。他清楚地看到有人撞到引擎盖。

司机紧握方向盘,缩着脖子紧闭双眼,脑中想的全是自己闯下了大祸,已丧失了判断能力。

"喂,还不赶紧下去看看!"佐藤摇晃司机的肩膀,司机浑身颤抖着下了车。

周围开始涌现人潮,佐藤见状觉得自己也应该下车。开车的是经纪人,但如果撞到人之后自己还在后座稳坐不动,势必有损形象。佐藤戴上墨镜,迅速思索若被围观者认出身份时当如何应对。

佐藤的艺名就是杉平健太郎。前方的县民中心还有独唱会等着他,他却因和情人谈判分手纠缠不清,很晚才从宾馆出发。为赶时间，车开得飞快，结果出了事故。

佐藤脑海里已浮现出几位有势力的人的名字。没关系，这种程度的事故很容易就能摆平——

他下了车，走到呆立不动的经纪人身旁。围观的人群似乎还未发现他就是杉平健太郎。"喂，情况怎么样？"他小声问经纪人。

"她……她一动不动……"经纪人一副快哭出来的样子。

倒在地上的是位穿着廉价套装的老婆婆，脸朝下趴着，看不到长相。

"快去看看情况！"

听到佐藤的命令，经纪人的表情越发可怜。他在老婆婆身边蹲下，战战兢兢地想把她的身子翻过来。"呀！"看到那张大花脸，经纪人吓得手一松，砰的一声，老婆婆的额头又撞上了柏油路面。

"到、到、到底是怎么回事，这张脸？"佐藤结结巴巴地说。

就在这时，原本僵卧在地的老婆婆缓缓动了起来，还转过头望向佐藤他们。她的额头撞破了，大花脸上挂着数道血痕。

老婆婆一看到佐藤，眼中顿时有了光亮，向他莞尔一笑。

"啊！"佐藤不禁向后直退。

之后发生的事情更令人难以置信。身受重伤的老婆婆竟霍地站起，伸出双手朝他走来。围观人群传出尖叫声。

"啊！"佐藤想逃，双脚却不听使唤，反而一屁股跌坐在地。他想站起身，腰却软绵绵的，无法动弹，只有双腿徒劳地摆动。

满脸是血的老婆婆缓缓逼近，脸上仍挂着笑容，口中念念有词。

"啊！快走开！请你快走开呀！呜呜呜……"

佐藤终于哭了出来，两腿间流出液体。

若他冷静一些，应该就能听到老婆婆讲的话——

"杉少爷，您今天表演什么呢？"

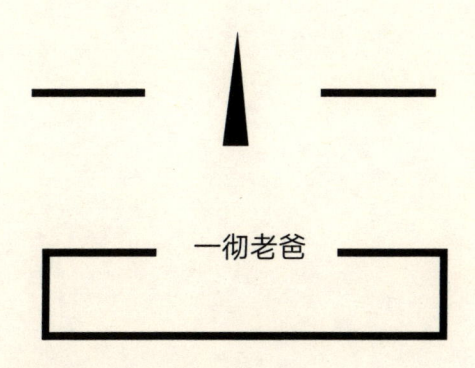

一彻老爸

得知妈妈生了个男孩时,我打心底乐不可支,因为我确信终于可以逃离那种悲惨的生活了。

老爸无疑比我还要兴高采烈,当时他正和我一起在家里等待。当我把医院传来的消息告诉他后,他就像健美运动员般用力绷紧全身肌肉,足足哼哼了一分钟,才惊天动地地大喊一声:"好极了,彰子!"

这一声狂喊,令附近的狗都惊得齐声狂吠。

我和老爸一道前往医院看望。老爸对立下大功的妈妈只简单慰问了两句,就提出要看婴儿。护士把婴儿抱来后,他全然不理会容貌,第一反应就是检查下半身。

"哦哦,有有!确实有鸡鸡!是男孩,货真价实的男孩!

哈哈哈，太好了，我的梦想终于实现了！"

看着老爸发疯般大喊大叫，我的心情却奇妙地冷静下来。我望了一眼床上的妈妈。虽然刚分娩完，她的表情也同样看不出兴奋。目光相触的刹那，我们似乎都察觉了对方的心思，不约而同地轻轻叹了口气。

"唉，你要是男孩子多好啊！"打从我记事起，老爸就一直对我念叨这句话，听得我岂止耳朵长茧，简直连耳朵都成了茧子。我本来很可能会被念叨得自暴自弃，之所以没到这一步，是因为我觉得他的理由实在无聊得紧，只是他自己不这么觉得。

老爸的梦想就是把儿子培养成职业棒球选手。这一梦想背后是个很老套的故事——他自己很想成为棒球选手，却未能如愿。

照我妈的说法，我爸没能当成，纯粹是因为毫无天赋。既然如此，只怕儿子出人头地的指望也不大。可老爸却不这么想。

"我在棒球上没有取得什么成就，都是因为起步太晚。只要从小勤奋练习，我儿子将来笃定能成为职业选手。"

老爸对此深信不疑。听说他和我妈结婚前就宣称，只要生了儿子，定要将这一想法付诸行动。

可惜事与愿违，婚后不久生了一个女儿，那就是我。老爸大为沮丧，只好寄希望于下一个孩子。给我起名望美，就是蕴含了"期望"的含义。

但我的名字丝毫没有发挥效力，妈妈的肚子再也没了动静。老爸心急如焚，每天晚上努力播种（我猜的），却总也不见成果。

到我五岁那年，老爸终于死了心。可他又转而异想天开，有一天买来儿童用棒球手套，对我说："来，望美，我们来练习投接球吧。"

我一向都是玩娃娃换装游戏，听后回答："啊？我不想练呀。"

"为什么不想？投接球很有趣哦。好了，快换上运动服！"

老爸硬把我拖出门，逼着我练习投接球。

从那一天起，我的生活就陷入愁云惨雾。每天早上天还蒙蒙亮，老爸就把我叫起床，至少练上两个小时投接球。有时候起得比送报纸的大哥哥还早。看到我们父女俩一大早就挥汗如雨地练习投接球，他惊讶得目瞪口呆。

总之，老爸把原打算培养儿子的那一套都用在了我身上，好像觉得既然儿子没指望，就只能拿女儿将就将就了。

"等望美长大成人，说不定已经有女子职业棒球比赛啦。

要是没有,我们就自己组织一拨人玩好了。最近女性不断涉足男性的领域,所以这也不是什么天方夜谭。"练习完投接球,吃早饭的时候,老爸常常这么对我说。我总觉得他其实是讲给自己听的。

不得不陪着老爸做梦,我实在是不胜其烦。我多次尝试反抗,甚至撂下"我最讨厌棒球!"的狠话,但每次妈妈都劝我:"反正你爸很快就会放弃了,你就陪他玩玩吧。"

被她这样软语央求,我也就狠不下心拒绝。就这样,我不情不愿地继续应付着老爸。

上小学后,我被迫加入了本地的少年棒球队。队里就我一个女孩子,起初还有人嘲弄我,但事实证明,同年龄段的孩子中数我技术最好,于是再也没人说闲话了。

老爸一有时间就来看我们训练,有时看得坐不住了,还会自作主张地指导我和其他孩子。老实说,教练显得有点厌烦。

我并没有太认真训练,但仍很快便成为正式队员,出场比赛。不用说,老爸自然是我的啦啦队。我表现抢眼的时候,他比我还要兴奋,一个人狂喜乱舞半天后,还总要加上一句:"唉,你要是男孩子多好啊……"

每次听到他这句话,我就感谢老天,幸亏没把我生成男儿身。同时我暗暗祈求,快让我从这恼人的境地里解脱出来吧。我只想做个普通的女孩。虽然才上小学三年级，身边不少朋友已经打扮得女人味十足，让我不由得焦急起来。我穿的都是男孩的衣服。就算想穿可爱的连衣裙，可我脸晒得黑黝黝的，手脚上全是伤，跟裙子一点都不协调。

我即将升入四年级时，妈妈怀孕了。从那一天起，我和老爸就天天祈祷。老爸是为了实现本已死心的梦想，我则是为了逃离目前的状况。我们的心愿只有一个——这次一定要生男孩。

然后果然生了男孩。这个被取名为勇马[①]的孩子，可以说从一出生命运就已注定。

如同第一次播下花种的孩童般，老爸每天都要察看勇马的成长情况。他用裁缝用的卷尺从头顶量到脚尖，然后感叹："唷，比昨天长高了五毫米。"听口气，他已在心急火燎地期待和儿子一起打棒球的那一天。

至于我，在弟弟出世的第二个月就退出了棒球队。妈妈把这件事告诉老爸时，他只漫不经心地应了一声"哦，是吗"。顺利从棒球地狱解脱的我，立刻开始留长发（以前

[①]"勇马"的日语发音近似"飞雄马"。棒球漫画名作《巨人之星》讲述了星飞雄马在父亲星一彻的严格训练下，朝棒球明星迈进的故事。"一彻"在日语中有"固执"之意。

一直是类似运动头的古怪发型),尽量不去户外,以尽快把皮肤捂白。

勇马三岁时,老爸给了他一个软式棒球。以前就已教他玩过球,但真正全力训练则是从那时开始的。

老爸要求勇马用左手投球。

"棒球运动中左投手是很宝贵的人才,即使球的时速比右投手慢上十公里,威力也同样惊人。假如对方是左打者,那就更占便宜。另外,牵制一垒跑者也很容易,最终自责分[①]就会很少。"

三岁小孩哪里听得懂这些,老爸却喋喋不休。

后来老爸又采取各种手段实施左投手培养计划。勇马本来惯用右手,很快就学会用右手握筷子和铅笔,但老爸连这些细节都要求他改变。

一天,老爸买来一大堆玻璃球,放在海碗里,旁边再放一个空海碗,然后给勇马一双筷子,对他说:"你听好,勇马,用左手拿筷子,把玻璃球夹到另一个海碗里。你要天天练习,一直练到能迅速夹起来为止。"

用筷子夹玻璃球,就算右手都很费劲,更别提左手了。勇马每天都练得愁眉苦脸,老爸还坐在他面前计时,嚷着"不行,不行,比昨天慢了五秒"之类的激励他。

[①]指扣除失误、捕逸因素,纯粹因投手的投球造成的失分。

老爸这种做法连妈妈都看不下去了，忍不住向他抗议，他却悍然说出"男人的世界女人少插嘴"这种完全与时代脱节的话来，对妈妈的抗议充耳不闻。无奈的妈妈只能趁老爸白天出门上班的机会，尽可能地让勇马使用右手。父母双方教育方针的分歧，起初令年幼的弟弟有些无所适从，但他凭借儿童特有的灵活性，总算克服了这种复杂局面。后来他左右手都能用筷子、写字，就是这个缘故。

到了勇马上幼儿园时，老爸的特训日渐强化。首先是跑步。每天早晨练完投接球，父子俩便在街上跑步，一直跑到幼儿园的班车开来为止。原本老爸还打算直接跑到幼儿园，理由是"小孩子搭什么班车，跑过去就行了"。但幼儿园方面婉转地规劝道这样在安全上不太妥当，老爸这才死了心。

接下来是蛙跳。这项训练在晚上的投接球练习之后进行，在家门前的路上不停地来回蛙跳。邻居见状开始议论纷纷，我和妈妈都觉得抬不起头，老爸却满不在乎，照样风雨无阻地坚持训练。不仅如此，他还不知从哪里找来个旧轮胎，要求勇马用绳子拖着轮胎练习蛙跳。照他的说法，想把孩子培养成棒球选手，拖着旧轮胎练蛙跳是最基本的手段。他为什么会认准这个死理，我实在搞不懂。

但我从高中的体育保健老师那里得知，蛙跳只会导致腰部和膝关节疼痛，对强化肌肉力量几乎没有效果。我把这番话捎回家之后，这项特训才算告一段落。但我刚提起这件事时，老爸大发雷霆，就像自己的存在价值被否定了一般，吼道："不可能！居然说我、我那特训……拖着轮胎练蛙跳的特训没意义，这种事、这这这、这种事，绝绝绝、绝对不可能！"直到看了老师给我的运动训练书复印件，他才闭上了嘴，脸色阵红阵白，一连三天打不起精神。

从旧轮胎足以看出，老爸很热衷自己摸索训练方法。铁屐就是其中一例。记得是勇马上小学低年级的时候，有一天老爸带回两小片铁板，手工穿上木屐带，做成铁屐。他吩咐勇马穿上这双鞋，沿着平时的路线跑步。弟弟刚穿上跑了一会儿，就哭丧着脸说"脚趾很痛"，老爸却回答："要有毅力！拿出毅力来就不会痛了！"

结果铁屐三天就被丢掉了，因为勇马的脚趾磨得又红又肿，连训练必备的钉鞋都没法穿。

在老爸琢磨出的训练方法里，最出色的莫过于"那个"了。当时他把自己关在屋里很久，正当我感到好奇的时候，他拿出了"那个"。

那乍看就像个形状奇特的拉力器，缝得很复杂的皮带上装着好几根粗弹簧，应该就是把拉力器上的弹簧拿来改造的。

"勇马,你过来一下。"

听到老爸招呼,勇马战战兢兢地走过去,当时他念小学五年级。

"脱掉衣服,把这个穿上。"

"这是什么?"勇马不安地问。

"这个?这个嘛,"老爸深吸一口气,得意得鼻孔都膨胀了起来,"这是职棒选手培养强化器。"

"强化器?"

"对。只要日常生活中穿上这个,自然而然就会肌肉发达,培养出职棒选手的强健体格。"

"慢着老公,"妈妈皱着眉说,"别给他穿这种稀奇古怪的东西!"

"哪里古怪了?你们不懂,这可是很有名的训练器材。来吧勇马,快把衣服脱了。"

"不行!"妈妈难得不依不饶一次,"伤到了身体怎么办?"

"没事,相信我吧。好好,既然你这么怀疑,我就先穿给你看。嘿嘿嘿,我特意把皮带长度设计成可调节的,大人小孩都能穿,就是为了让勇马长大了也能用。"

老爸脱掉上衣,开始往身上套强化器。只听弹簧哐啷哐啷直响,妈妈看得眉头紧锁,勇马也直发愣,我则在旁边看热闹。

扣上最后一个零件后,老爸挺起胸膛。

"怎么样?很厉害吧!"

话音刚落,只听一声诡谲的闷响,老爸双臂被绷到后面,宛如向后摆臂出水的蝶泳选手。

"啊痛痛痛痛!好痛!好痛!呜呜呜!呜呜呜!呜呜呜呜!"老爸痛得脸都扭曲了,不住大呼小叫。

"哎呀呀,这下糟了。"

妈妈和我们一齐动手,总算把强化器摘了下来,但老爸一活动双臂就又连声呼痛。送他到医院一检查,双肩、双肘的肌肉都受到损伤,双腕也轻度挫伤,而且因为弹簧夹到皮肤,双臂多处瘀血。老爸不得不向公司请了两天假休息。

但老爸的优点就是越挫越勇。双臂刚能活动自如,他就吸取上回的教训,造出了"职棒选手培养强化器二号"。这次他没用弹簧,换成了自行车内胎,并且为防止损伤身体,轮胎也绷得相当宽松。勇马练习投接球的时候穿在身上,但除了感觉很累赘,看不出有多少训练效果。但对老爸来讲,似乎穿了强化器才是最重要的。

诸如此类的蹩脚训练还有很多,但终究也算是施行了精英教育,勇马的棒球能力大有长进,成为少年棒球队的主力投手兼第四棒打者①,也在全国大赛中出过场,让老爸心满意足。

上中学后,勇马顺理成章地加入了棒球社。那段时期,老爸每晚的乐趣就是晚饭后听勇马聊棒球社的事,而且不是简单听听,看那场面,该说是棒球社活动报告会才对。

"就是说教练调松本去守三垒?"

"是的。"

"这样不行,松本的投球能力有问题,他守三垒,就很难以内角球②决出胜负了。真是的,教练到底在想什么?"老爸板着脸翻看眼前的笔记本。我瞄过几次他那个本子,上面全是去看勇马练习、比赛时记录的资料。

"下次比赛的第一棒打者是谁?"

"小坂。"

"小坂?唔,他确实跑得很快……"老爸看着笔记本,上面每个人的盗垒成功率、打击率等数据整理得一目了然,"但上垒率有些一般,他挥棒时用力太猛了。如果改掉这个毛病,当第一棒打者应该够格。算了,既然教练叫他上,那就看看他的表现再说吧。"

---

①第四棒打者通常是棒球队中最擅长全垒打的打者,是强打者的代名词,在比赛中常起到扭转局面的作用。
②指投手投出的球靠近打者的位置。内角球容易投失或投成触身球,对投手的控球能力要求较高。下文中的"外角球"则指离打者位置较远的投球。

听老爸的口气,俨然是球队的总教练。

临近比赛时,老爸又摇身一变成了记录员。他只是个普通的上班族,我不知道他是怎样挤出时间的,反正每次神不知鬼不觉地就把对手的训练情况侦察到手,然后向勇马传授作战策略。

"听好,你要留意那个姓大山的打者。他身材高大,看起来像是擅长拉打,但实际上他拿手的是外角球,擅长把球推打出去。一旦他出场,你就毫不犹豫地投内角球。放心,你投出的球,他连边也休想摸着。"

后来听勇马说,老爸的意见有时确实派得上用场,但有时也完全不可靠。比如被老爸评为"就表现来看,是该队最可怕的打者"的人,其实只是个刚入社的候补球员;有时老爸说"对方投手只会投直球和曲球,没什么大不了",实际上对方却投出了喷射球,以致不得不疲于奔命。

不管怎么说,老爸的努力毕竟没白费,勇马在本地的中学棒球界已小有名气。证据就是,勇马刚升初三,各所高中的招生人士便登门造访,而且全是棒球实力很强、曾打进甲子园[①]一两次的棒球名校。

勇马在学校的成绩也还说得过去,如果推荐入学,应该上任何一所高中都不成问题,而且无疑会享受特招生待遇。

[①]日本全国高中棒球联赛的俗称,因决赛圈比赛在阪神甲子园球场举行而得名。

问题在于选择哪一所高中。

我和妈妈提出KK学园不错,原因是这所高中男女同校。多了异性的色彩,勇马的校园生活会过得比较快乐。

但这个建议却被老爸一口否决。

"棒球不需要女生!"他说,"如果和女生一起念书,就会光顾着花前月下,无法专注训练。等他进入职棒创造了好成绩,到了适婚年龄,再考虑交女朋友的事不迟。"

更有甚者,他还对我说:"有空替弟弟操心,倒不如先担心自己嫁不嫁得出去吧。"

顺便一提,我当时正立志成为职业高尔夫球手,开始在高尔夫球场工作。向老爸报告这件事时,他只回了一句"哦,是吗"。

老爸替勇马选择了武骨馆高中。这是一所以作风硬朗闻名的男校,棒球社成员清一色留着短发,而且是短到头皮发青的那种。我觉得怪恶心的,老爸却格外中意。

定下学校的那天,我对勇马说:"你啊,也该有点主见吧,什么事都听爸的可不行。如果心里有想法,就要明明白白地说出来,你又不是爸的傀儡。"

弟弟的反应让我很心焦。

"可是,我也没有什么特别想做的事,棒球也还不讨厌,可能会有很多问题,但只要照着爸的吩咐做,嗯,应该不会错到哪里去吧。"

我忍不住想把他揪过来往脑袋上捶上几拳。

如此木讷的勇马,进入高中一段时日后竟渐渐起了变化,令人觉得比以前有了活力。原先他打棒球只是遵从老爸的"旨意",自从上了高中,渐渐变成自觉自愿地拼命苦练。

"勇马真像是脱胎换骨了呢。"我和妈妈谈起这件事时感叹。

勇马发生变化的原因,听说是交到了知心好友——同在棒球社的同学、担任捕手的番野。

"自从和他组成投捕搭档,投球就变得很有乐趣。或许可以说是心有灵犀吧,能明白彼此心意。当我心想'好,对这个打者要这样攻击'时,番野也总是打出同样的暗号。"

听到勇马这番话,老爸自然是喜上眉梢。

"交到好朋友是好事,尤其好朋友就是捕手搭档,太理想了!"说完,老爸忽然想起什么,问道,"你命中注定的劲敌又是谁?"

"命中注定的劲敌?"

"是啊。对于一个献身体育运动的人来说,并肩作战的好友固然重要,在战斗中彼此磨砺的劲敌也不可或缺。你没有这样的劲敌吗?"

"没有。"勇马回答。

老爸顿时流露出不满的神色，然后喃喃自语说，得尽快找一个。

很快老爸就替勇马找到了。此君是邻县强队的第四棒打者，很受职棒界瞩目。老爸把登有他肖像照的剪报拿给勇马看，同时宣布："从今天起，他就是你命中注定的劲敌。"我心想，被人自作主张地当成劲敌，这位球员也真倒霉。

此后不久，勇马和该对手在练习赛中狭路相逢。比赛前一天，老爸连夜赶制出"打倒命中注定的劲敌！"的横幅。然而这一助威并未发挥效用，勇马被他击出两记安打。这位球员一定做梦也没想到，横幅上写的"命中注定的劲敌"指的就是自己。

勇马高二时获得了当家投手的球衣号码，但终究没能进军甲子园。最接近的一次是高三那年夏天，当时他们打进了地区预赛的决赛，对手正是我和妈妈向勇马推荐过的KK学园。我第一次去给弟弟加油，老爸则盘算着利用这个机会实现在甲子园的出场，引起职棒球探的注目。从第一局上半局到第九局下半局，他一直站在看台的最前排，双手叉腰、两腿大张，保持着这副金刚力士般的雄姿观看比赛。他全身散发出慑人的气势，整个人如欲喷出火来。这场比赛以武骨馆高中的败北告终，过了好半天，老爸还僵立着一动不动。第二天他请了假，看来受的打击着实不轻。就连往年必看的高中棒球花絮节目,那一年他也一眼都没瞧。

就在那场比赛后不久,我成功通过了高尔夫职业资格考试。但向老爸报告好消息时,他只回了声"哦,是吗"。

那年的选秀会上,勇马没有被任何一支球队提名。选秀当天,老爸特意请了假,期待着球队会打来电话,却继甲子园出场梦想破灭之后,再度跌入失望的深渊。之前他在某体育报"本年度高中生选秀候补"新闻中隐约瞧到勇马的名字,对此寄予厚望。

"职棒球探难道瞎了不成?"老爸咕嘟咕嘟灌着茶,大口大口吃着包子,整整叫嚷了一晚上。附带一提,老爸他不会喝酒。

"算了,既然没选上,就去参加球队的选拔考试吧。"老爸向勇马说,"争口气给选秀组看看,就算是考试生又怎么啦,很多人后来都成了风云人物啊,譬如说……"老爸列举了一连串往年知名选手的名字。

要老爸放弃这乱来的主意倒并不难,因为当时选秀的规则已经改变,选拔考试在选秀前举行,考试合格者也必须在选秀会上获得提名才能入队。

"哦,这样吗?我倒是疏忽了。"老爸一脸打心底惋惜的表情。

结果勇马上了大学,那所大学也曾培养出多名职棒选手。本来老爸不乐意再等四年才能参加下一次选秀，想让勇马直接去找工作，但那次勇马坚持了自己的心愿，他的好友番野也进了同一所大学。

上大学期间，勇马理所当然地加入了棒球社，但很长一段时间没有抢眼表现。升上大学四年级后，他忽然开始大放异彩，大学联赛里只要有他上场投球，球队就所向无敌，于是他迅速荣升为王牌投手。

同时广受瞩目的还有捕手番野。他投球力强、打击率高，能够最大限度地激发勇马的力量，这一点受到外界很高评价。

投捕搭档同心协力 连战连胜

类似的报道开始零星出现在体育报的角落。老爸每次都乐得笑容满面，珍而重之地剪下来贴到剪报簿上。

终于，老爸翘首以待的日子愈来愈近了。这次报纸预测的选秀候补名单中，千真万确有了勇马的名字。我想老爸心里应该重又燃起希望，觉得这回十拿九稳了。

番野获得提名的可能性比勇马更高。传闻他肯定会被高位提名，甚至有可能是第一名。

然而意想不到的事情发生了。番野拒绝加入职棒，理由竟然是："我想去自由国度美国。"这委实超出棒球迷的理解范围。他还表示，不想被职棒的狭小世界所束缚。

事实上，早在选秀会之前他便已独自飞往美国，也办理了休学手续。

这一事件显然让勇马颇受打击，他常常一个人若有所思。

但老爸并没察觉儿子的异样，每天照旧过得眉飞色舞。自从有球队打来电话表示"可能会提名令郎，届时还请关照"，他那得意劲儿就更足了。在他心目中，儿子俨然已经成了职棒选手，开始忙着演练向记者发表感想。其实，在前不久举行的高尔夫比赛中，我首次夺得了第三名的好成绩，但老爸听到消息时浑不在意，只应了一句"哦，是吗"。

决定命运的日子终于到来了。老爸照例向公司请了假，把电话放在眼前，端坐着静候佳音。

那天我刚好在家，便决定看看结果。勇马闷在屋子里没出来，妈妈在厨房做饭。

选秀会从中午十一点开始，但只有第一、第二提名的选手会立刻接到电话通知，从报纸的预测来看，勇马也不可能早早便被提名。但老爸还是急得坐立不安，双臂抱胸紧盯着电话。十一点五十分时电话响了一次，却是妈妈的朋友打来的，邀她一道去看和服展。妈妈接电话时，老爸站在她面前,屡屡打手势叫她赶快挂断。

之后电话一直没再响起。一小时、两小时过去了,依然毫无动静。因为实在沉寂得太久,老爸几次拿起话筒贴到耳边,检查电话有没有出毛病。我一边冷眼旁观,一边练习推杆。

两个半小时后,老爸起身去了厕所。仿佛是专等着这一刻一般,电话恰在这时响起。我拿起话筒。

对方是名男子,确认了我的名字后,他自我介绍是某职业棒球队球探部的副部长。

不知何时老爸已抢到我身旁,连裤子拉链都没顾上拉好。我把话筒递给他,他接过时手直发抖。

"您、您好,电话换人听了。对,我是他父、父亲……咦?第六提名?噢,这样啊……不不,怎么会呢……我们很高兴……嗯,这真是……"

我边听边迈步上楼,敲响勇马房间的门。没人回应。我心生疑惑,推门一看,勇马竟已出去了,房间内空无人影。

不对劲啊。这么想着,我环顾室内,发现书桌上留了张便条。拿起看时,上面是勇马的留言:

> 对不起,我无论如何都忘不了番野。从高中时我就喜欢他,他也很爱我。和他在一起非常快乐,因为

有他在身边，我才能持续打棒球至今。我将和他在美国携手共度幸福生活，请不要来找我。再见了。

勇马

老爸仍在楼下兴高采烈地打着电话。

一想到他看到这张便条时将作何反应，我不禁打了个寒战。

逆转同学会

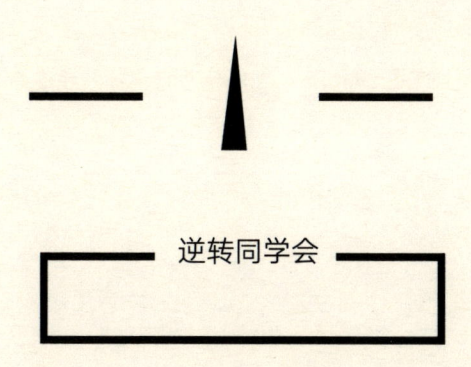

说到同学会,通常参加者都是昔日的同班同学,可能是小学同学,也可能是高中同学,补习学校时代或许不是很美好的回忆,但也不乏举办同学会的情形。此外,当年在中国东北部念过小学的同学也有可能聚会。

不管怎样,办同学会的都是当时的学生。筹划这种聚会的,通常是同学中几个特别热心的人,因很想见见昔日伙伴,便发起提议。

这里所说的"伙伴",并不包括老师。筹划到最后阶段时,往往会有好心的女同学提出:"难得聚会一次,要不要把山田老师也请来?"大家才会讨论起这个话题。此时如果有人表示:"算啦,干吗非得见那老头不可!"那么提议就到此为止。如果大家都赞同:"是哦,那时我也很受他关照,这么多年了,很想再见他一面!"这位老师才会幸运地获得招待。嘉宾的头衔听起来很风光,但总而言之,老师并不是同学会的主角。

不过,也有一群人举办的同学会别开生面,名叫"巢春高中第十五届教友会"。

巢春高中是所县立高中,在以升学为主的学校里属于中等偏下的水平。今年是巢春高中建校三十七周年,这意味着,第十五届学生就读这所高中已是二十年前的事了。

所谓第十五届教友会,就是当时在巢春高中任教的教师聚会,成员约有十人。当时的教师自然不止这个数,但参加聚会的只有这些人。

发起聚会的缘由很简单。一位名叫大宫一雄的教师退休后,收到昔日同事寄来的贺年卡,从此有了联络。两人都曾在巢春高中任教,见面时聊起往事,说得兴高采烈,当下便决定把当时的同事召集起来聚会。

如果只是这样,顶多办上一次也就到头了。但这一聚会至今已办了五次,每年都在九月召开,几乎已成了雷打不动的惯例。往往聚会还没结束,下一任干事便已发表致辞:"明年就由我负责联系,请大家多多支持。"

为什么聚会能持续如此之久呢?最重要的原因就是,

在巢春高中任教的这段时期，对每个人来说都是最充实的回忆。特别是第十五届学生，大家都觉得教起来很有成就感。当时受学区调整影响，学生的素质为之一变，成绩水平上了好几个档次。以往会报考更好学校的优秀学生，那一年源源涌入巢春高中。

"这样的良机绝不能错过！"

在校长的号召下，教师们无不满腔热情地投身教学。人人意气风发，要把巢春高中打造成屈指可数的升学名校。授课内容越发深入，考试也提升了难度，相应地，教师也必须付出更多的努力。功夫不负有心人，学生的成绩大有长进。

一晃到了高三，向第十五届学生提供毕业指导时，教师们感到了前所未有的紧张。学生想考的不是国立大学就是知名私立大学，立志报考东京大学的有十多人。而此前巢春高中从未有学生考入东大，事实上连报考的都没有。校长得知后大为兴奋，把报考东大的学生召集到校长室勉励了一番。

第十五届学生的考试成绩着实粲然可观，周刊刊载的全国知名大学录取榜上，巢春高中不时可见。很多教师都把那一页剪下来作为纪念。

但巢春高中的黄金时期没能维持多久，此后学生的素质愈来愈低，原因似乎是许多初中认为"把优秀的学生送到巢春这种高中，根本就是亏大了，今后就让成绩不太好的学生去报考吧"。第十五届学生毕业次年，巢春的名字就从周刊的知名大学录取榜上消失了。

当然，并不是优秀的学生就可爱，不优秀就不可爱。第十五届学生里也有不良少年，但这些教师对他们的印象同样深刻，觉得和考进东大的高才生没什么两样，所以归根到底，是教师们对这一届学生情有独钟。

由于上述原因，对于当时在巢春高中任教的教师们来说，第十五届学生非常特别。

今年巢春高中第十五届教友会的干事是古泽牧子。她过去教语文，退休后没再上班，只偶尔去文化中心讲讲课打发日子。她丈夫以前也是教师，如今整日忙于侍弄自家种的蔬菜。

七月的一天，大宫一雄给她打来电话。大宫也是语文老师，当初两人共事时交情就很好。

寒暄了几句之后，大宫便提起这次聚会，问她着手准备了没有。她回答还没开始。

"哦，这样啊，毕竟还有两个月。老实说，我忽然想到一个提议，打电话来征求你的意见。"

"什么提议？"

"说到我们的聚会，每次都是同一拨人也挺无聊的，我想不如找几个嘉宾。"

"嘉宾？你是说，再多请些老师过来？"

"不不，我的意思是，如果找学生来参加，应该会很开心吧。"

"学生？"

"对。像以往那样叙叙旧当然也不错，不过当年那些学生如今过得怎样，你不想知道吗？"

"当然想啊，他们一定在各自的领域内颇有成就了。"

"我就说吧，你会感兴趣的。怎么样，要不要考虑看看？当然，我不会让你一个人辛苦。如果确定要联系学生，我一定尽全力帮忙。"

"啊，不用了，这个应该不成问题。可找谁来呢？"

"唔，这我倒还没想过……"

"要是找学生，就找第十五届的吧？"

古泽牧子话音未落，大宫马上高声答道："没错。如果不找第十五届学生，就没多大意义了！"

"那么找谁……"

"柏崎怎么样？能联系到吗？"

"哦，柏崎啊。"

这些过去的同事只要一聚会，必定会谈起这个学生。他的成绩只是中上游水平，但生性诙谐幽默，从学生到老师都很喜欢他。班级旅行那晚，他扮成女装，企图溜进女生寝室这一趣闻十分出名，当时逮到他的就是大宫，每年大宫都会笑谈此事一番。

"好的，我会和柏崎联系看看。要不要请他代为通知其他同学呢？"

"好，就这么办吧。"电话那端的大宫满意地说。

古泽牧子从毕业纪念册里查到柏崎老家的电话号码，打去电话。好在柏崎的家还在老地方，接电话的是他上了年纪的母亲，说儿子现在已经搬出去住了。古泽牧子询问柏崎现在的住址和电话号码，他母亲说得很详细。接到儿子的高中老师打来的电话，想必让她感到很亲切。

"那么，请问柏崎现在在哪里高就呢？"

"噢，他在花丸商事工作。"

"在那里啊……"

花丸商事在当地算是颇有名气的公司，但有名归有名，究竟经营什么业务，古泽牧子全然不知。

"真是出人头地了！"

"哪里哪里，也就混了个科长罢了。"柏崎的母亲虽这么说，语气其实充满自豪。

打完电话，古泽牧子马上给柏崎写了封信，述说事情缘由，最后写明过几天会给他打电话，请他到时答复。寄出信后的第四天晚上，古泽牧子打电话到柏崎的住处，接电话的正是柏崎。

"老师，好久不见了。谢谢您写信给我，本来应该我主动回电话才对，可是不知不觉就拖到现在，还要劳您特地打电话过来，真的很抱歉。看到您的来信，知道您身体安康，我也放心了。"

他一口气说将下来，令古泽牧子连插嘴的工夫都没有，他说得很流利，仿佛已练习多遍。

"是啊，我身体还算过得去。柏崎，你听起来也很有活力，真是太好了。"

"谢谢您的关心。"

"对了，信上提到的那件事……"

切入主题时，古泽牧子莫名地感到紧张。柏崎在电话中给她的感觉一点都不像当年那个谐星。但想想这也很自然，他现在可是知名企业的科长了。

柏崎爽快地答应了古泽牧子的委托，表示一定下参加的名单就通知她。

"这么忙还来打扰你，真是不好意思，那就万事拜托了。"

挂断电话后，一丝不安袭上古泽牧子心头：自己该不会做了不该做的事吧？

第六次巢春高中第十五届教友会定于九月二十日周五晚上七点举行，地点仍是历次聚会都会去的一家日本料理餐厅。

身为干事的古泽牧子自不待言，其他教师也很积极，六点五十分就全部到了会场，每个人都透着几分兴奋。

"真慢啊，怎么学生一个都没来？"大宫一雄手抚下巴望着入口。

"大宫老师，话不能这么说，现在还没到七点呢。"出声打圆场的是前理科教师杉本，为了今天的聚会，他特意做了件新外套。

"过了七点就算迟到，来想想该怎样惩罚迟到的人吧。"满脸皱纹的前社会科教师新美破颜一笑。他过去担任教导主任，学生们背地里都叫他"魔鬼新美"，他倒对这个外号沾沾自喜。

"今天都有谁来？"前数学教师内藤问古泽牧子。

"柏崎、小山、松永、神田，还有光本和幸田两个女生，她们婚后分别改姓川岛和本原了。"

"哦哦，小山这学生我印象很深。"前英语教师时田语带怀念地说，"他那时好像在玩乐队，有一次正上着课，他却埋头猛翻字典,不知在查什么。我心里纳闷,就从他身后偷偷瞄了一眼,发现竟然是在把外语歌的歌词翻成日文。我训斥他:'你在干什么?'他一脸泰然自若地问我:'老师,这个地方应该怎么翻比较好?'真是个有趣的家伙。"

"是啊,当时这样的学生还真不少。不知该说是有个性还是别扭,总之不能用普通手段来对付,就像数学那样,不是只有一种解题方法。打个比方说,呃……我想想有什么好例子啊……"教数学的内藤貌似想讲个妙趣横生的掌故,可惜一时想不起来,交抱着双臂陷入深思。

"你知道他们现在分别在什么地方工作吗?"前理科教师杉本望着古泽牧子问。

"我看看啊……"古泽牧子瞥了眼便条,"柏崎在花丸商事工作,这我刚才已经说过了。另外,松永在县警本部。"

所有人都"咦"了一声,瞪大眼睛。

"他竟然当了警察?"前教导主任新美大叫起来,"这可让人忧心忡忡了。松永不就是那个经常有课不上、跑去附近什锦煎饼店的小子吗?我去逮过他一次,让他从后门溜了。"话虽如此,新美脸上却笑眯眯的,很开心。"这种家伙混进县警本部,真不晓得这个地区的治安会变成什么样。等他来了,我一定要好好问问他,到底有没有踏实工作。"

"哎,可不是嘛。要说柏崎也一样,想到他高中时做的那些事，总觉得不像是当商事公司科长的材料，我很担心他能不能胜任呢。"接过话茬的大宫嗓门大得不输给新美，"可能我以前也讲过了，那小子的恶作剧真叫人目瞪口呆。班级旅行的那天晚上，他竟然男扮女装想溜进女生寝室，该说是胆大包天呢还是……"

这件趣事大宫已不知重复了多少遍，正待旧事重提时，外面似乎有女服务员领着客人过来。紧接着拉门开了，出现三名男子。

"对不起，让老师们久等了。"

一个身着茶色西服的男子鞠了一躬，后面两人也微微点头致意。教师们都默不作声。他们的沉默是有原因的。

"呃……你是柏崎吧？"古泽牧子小心翼翼地确认。

"是的，我是柏崎。"穿茶色西服的男子点了点头。

"那后面两位是……"

"我是小山。"

"我是松永。"

两人自我介绍后，众人才知道穿藏青色西服的小个子是小山，穿灰色西服的瘦削男子是松永。

"对啊对啊，你是松永。嗯，错不了。"新美大声说，"我就说嘛，你依稀还看得出从前的样子。哈哈哈，嗯，你是松永。"

"老师好。"松永点头致意。

"别站在门口了,快坐下来吧,位子自己随便挑好了。"

听大宫这么一说,三人道声"打扰了",在众人对面落座。还有学生没到,但古泽牧子觉得可以先开始了,当下吩咐女服务员送上酒水菜肴。

"哎呀,那次我真是吓了一跳。我心想女生寝室应该都是女生才对,可有个人的体形怎么看都不像女的。我正想叫他站住,他马上逃之夭夭,当下我就认定,那人绝对是柏崎,嗯嗯。因为当时班上的同学里,会干出那种荒唐事的就只有你了。"

大宫喋喋不休地老调重弹,洗耳恭听的自然就是柏崎本人。他只能一味苦笑。

他身旁的松永则成了新美的猎物。新美从那次什锦煎饼店事件讲起,把松永过去的种种窘事翻出来说个没完。

"你不喝酒吗?"新美旁边的杉本问道。松永面前的酒杯里,啤酒丝毫没动。

"是啊,我不会喝酒。"松永搔搔头。

"什么嘛,当警察不会喝酒?太弱了吧!"新美笑得金牙毕露。他已经喝得酒劲上涌,脸红得像熟透的虾,讲话的腔调也变得怪里怪气。"不管怎么说,警察可不是好做的差事，得成为老百姓的表率才行。你要好好努力！"

"是，我时刻谨记。"松永边说边为新美斟满啤酒。

小山则陪其他教师聊天，聊的主要是他现在的工作。他供职于一家汽车制造企业。

"我从事的是生产技术的工程设计，说得通俗一点，就是研究产品的制造方法。"

"汽车的造法有那么多花样？"前数学教师内藤问。

"确切地说，不单汽车本身，每个部件也都有各自的生产线，这些都需要研究工程设计。"

"哦，这样啊。"内藤听得一脸茫然，而小山也无意进一步说明。

这时，正在应酬大宫的柏崎似乎想对小山说什么。

他还没来得及开口，川岛文香和本原美佐绘出现了。虽都已三十六七岁，两名女子的加入还是顿时让席面热闹起来。

"唷，光本从事口译工作？厉害！"听了川岛文香的介绍，时田喜滋滋地说。作为英语教师，他可能觉得学生中出了口译人才很值得骄傲吧。"那你在什么地方工作？旅行社？"

"不是，我现在签了一家专利事务所。"

"专利？"时田的表情仿佛在说，这和口译有什么相干？

"时下常有日本企业因为海外专利问题陷入纠纷，这时候就用得着我们了。"

"听起来很有难度啊。"说话的不是教师,而是小山,"每次都得把专利相关术语全部记牢吧?"

"对。不但要记住,还要理解含义。"

"我们公司前一阵子也被美国企业索赔,害我通宵写材料找理论根据,如今正在打官司呢。"

"有把握打赢吗?"

"没有。一旦美国来找麻烦,基本上就完了。"

两人一聊起这么专业的话题,其他人都只能默默聆听。看到冷了场,两人显得很尴尬。

"幸田……不对,现在该叫本原了,听说你也在工作?"古泽牧子问本原美佐绘。

"是啊,我在 NDT 公司上班。"

"爱迪替?"古泽牧子从没听说过这家公司,其他教师也都一头雾水。

这时,坐在最边上的柏崎问道:"就是那家开发软件的 NDT?"

本原美佐绘点头:"是的。"

"这样啊,我还正发愁怎么和你们公司搭上关系呢!"柏崎一面说,一面把手伸到西服内袋想掏名片,旋即意识到这个举动与当下的场合不协调,又把手缩了回去,"想不到你在那里上班。"

"说到开发软件,是跟计算机打交道吧?"前理科教师杉本有点惴惴不安地问本原美佐绘。

"是啊。"

"女孩子家能干这一行,真不简单。"

听到前语文教师这么说,本原美佐绘望着他温柔地微笑。"我们这一行是不分男女的。"

"可是你……"杉本抚了抚额头说,"你不是不擅长物理、化学这类理科课程吗?"

本原美佐绘依然笑盈盈地点了点头。"是的,不过软件开发和物理、化学没有直接关系。"

"哦,这样啊……"

"你现在还在编程吗?"小山问。

"已经不做了,三年前就调到了营销部门。"

"也是,听说编程很耗体力的。"

"过了三十岁以后确实很辛苦。"

"你开发过什么系统?"

"我吗?十年前我经常负责开发专家系统,因为当时很流行。"

"哦,那个啊。我们公司也考虑过,最后放弃了。"

"当时社会上一窝蜂赶潮流,其实连那是什么都没搞清楚。"

"就是就是。说起来,"川岛文香也加入话题,"当时相关的专利满天飞。但也是沾这股热潮的光,我才能三天两头去美国出差。"

"其实说穿了呢,"这回搭话的是柏崎,"就是计算机业界想把AI,也就是人工智能商品化,但不加包装直接推向市场,很难得到消费者认同,所以就硬给市场前景比较看好的产品安上'专家系统'这种很有诱惑性的名字,总之就是这么回事啦。"

"怎么,你们公司也用过这种商品?"

"我就在产业机器科嘛。"说着,柏崎麻利地把刚才没拿出的名片递给两位女同学,最后朝小山递过去,"我们公司最近会和德国的电源厂商签约,你们以后要开发新生产线的时候,能不能给我透个消息?"

"电源厂商有很多家,要打进来可不容易,我们的生产一线也不大想换新厂商。"

"那就靠价格和服务决胜负了。我们的电源品质肯定没问题。如果有兴趣,还可以安排你去现场参观考察。"

"你是说去德国旅游?听起来挺有吸引力,那我替你留意吧。"

"嗯,关照一下啰。"柏崎拿起手边那瓶啤酒,手法娴熟地给小山斟酒，小山也一副安然消受的模样。

"对了，"前教导主任新美忽然大声说道，"你现在负责侦办什么案子呢？"不用说，他问的是松永。松永一直在喝着橙汁，听老同学聊天。

"说起来，形形色色的案子都有，特别是今年，大案要案就没断过。"

"那个新兴宗教团体的案子也是你负责侦办吗？"

"我不确定那一系列案件和那个宗教团体有没有关联，我们倒是在协助调查。"

"哦，辛苦了。"

可能是不便透露侦查机密，松永说得有些含糊其词。众人很想向他探问一些工作上的见闻，却总是三言两语便冷了场。

"不过，真没想到你竟然当了警察。"古泽牧子说。

"家父就是警察，所以我没多犹豫就选了这条路，况且如今经济又很不景气，警察好歹算是铁饭碗。"说到这里，他朝柏崎等人笑了笑。

"是啊，的确是这样。我真羡慕你。"柏崎叹了口气。

"有这么不景气？"大宫问。

"确实不景气，日子难熬得很，而且日元还在升值，简直雪上加霜。"

"对，日元升值太要命了，老实说，压缩成本也已经到了极限。"小山的脸色也黯淡下来。

"我们公司做过预测，今年会有相当多的企业倒闭呢。"本原美佐绘的话更无异于致命一击。

"如果交易能以日元为基准结算就好了。"柏崎说，"确实也有公司是这么做的。"

"你是说京都的M制作所？那是特例。"

"嗯，那家公司是例外。"川岛文香说，"它在研究开发上不惜血本，拥有数量惊人的专利，通过专利巩固了自家产品的市场，交易时才能以日元为基准结算。"

"所有交易都用日元结算吗？"小山问道。

"应该不全是。"柏崎答说，"听说他们也和客户订立协议，共同分摊日元升值带来的损失。有时对半平摊，有时约定升值到一定比例前由己方承担，超过的比例则由对方承担。"

"就算这样，听起来也够梦幻了。我们反正是没这种福气啦。"小山摇摇头。

聊到不景气这个话题，学生们顿时都面带愁容。之后他们又你一言我一语地讨论良久，谈的都是那些经营情况恶化的公司。柏崎提到某公司投资金融衍生产品失败，本原美佐绘则透露公司正在考虑开发一款软件，让负责人以外的员工也能了解金融衍生产品的状况。

这段时间里,昔日的教师们只能默默听学生们讨论。不仅内容听不明白,带出的字眼也全然不知所云,所有人都变得无精打采。

古泽牧子不得不承认,找学生来参加聚会的举动很失策。她意识到自己犯了个严重的错误。

学生举办同学会时邀请老师,和昔日的教师聚会时邀请过去的学生,两者有本质的不同。学生举办的同学会,是生活在当下的同伴们因怀念往昔而聚会,即把"过去"带进"现在",而邀请的教师就是"过去"的代表。这次聚会却正相反,是把"现在"带进了"过去"。

忽然,哔哔的电子音响起,打断了古泽牧子的思绪。是传呼机。松永慌忙把手伸进上衣内袋,揿掉开关。"对不起,失陪一下。"说完,他走到门外。

"有案子?"柏崎悄声问。

"不清楚……"小山侧头沉吟。

没多久松永回到房间,神色显得有些异样。

"对不起,我现在就得赶回去,承蒙各位老师邀请,真是抱歉。"

"别这么说,当然是工作要紧。不要有什么顾虑,快去忙吧。"新美说。

"不好意思，那我就先告辞了。"松永鞠了一躬，然后招呼柏崎到了门外，把自己那份费用交给他。古泽牧子到最后结账时才发现，几个学生把他们教师该出的份额一并包揽，平摊了所有的费用。

"当警察果然很辛苦啊。"川岛文香说。

"这家伙还真一口酒都没沾。"小山说。

"咦，他不是不会喝酒吗？"前理科教师杉本问。

"这个嘛，"小山把头发往后掠了掠，一边说道，"来之前他叫我们替他保密，其实他能喝酒，只是担心中途也许有急事要回去，所以不敢沾酒。"

"警部大人要是一身酒气就不好看了。"本原美佐绘简短地说。

"什么，他做了警部？"新美一脸惊异。

"是的。"

"这样啊……"新美本想去拿那杯已回温的啤酒，又缩回了手，"那他尽可以坦率讲出来呀，为什么要谎称不会喝酒？"

"多半是不想扫我们的兴吧。"大宫说，语气有些沮丧，还带着些怄气的意味。

古泽牧子心想，自己还忘了一件重要的事——这些学生都是在百忙之中腾出时间来和老师聚会的。

85

松永的告辞正好给聚会画上句号。古泽牧子宣布散席后，大家纷纷起身准备离去。

就在这时，纸门忽然被猛力拉开，现出一个戴着眼镜、皮肤白皙的男子。

"哎呀，已经结束啦？"男子大声问。

"哦……"

"啊……"

"你是……"

古泽牧子觉得他很眼熟，想不起名字，但确实是第十五届的学生。和松永等人不同，他的面貌几乎一点都没有改变。

"我是神田。"他说，"神田安则。抱歉，我来迟了。"

"是神田啊，你现在还好吧？"大宫不甚热心地问。

"是啊，还过得去。呃……聚会已经结束了？"

"嗯，我们都已经上了年纪啦。你们几个老同学很久没见了，再去找个地方聚聚吧。"大宫朝门口走去，其他教师也开始穿外套。

"这么晚才来，你到底在忙什么啊？"小山问神田。

"哎呀，我在忙着准备运动会，伤脑筋哪。"

一听这句话，所有昔日的教师们都有了反应。

"什么，运动会？"新美问。

"是啊,就是这周日。"

"你……你……当了教师?"

"对。我在东巢春高中教生物,本来今天还有很多问题想向各位老师请教的……"

昔日的教师们眼里顿时闪出了光彩。

"啊,你当上教师了啊!"

"真是太好了!"

几位教师纷纷脱下外套,已经在门口穿上鞋的大宫也回到座位。

"那就再来喝一杯吧!嗯嗯,你当上教师啦,嗯嗯,这样啊,这样啊。"

昔日的教师们再度落座。

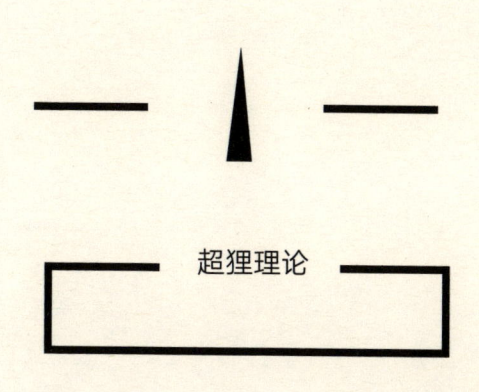

超狸理论

空山一平上小学前,曾随母亲去和歌山的乡下玩。那里是他母亲的老家,家门口挂着"井上酒店"的招牌。说是酒店,实际上食品、日用百货也一应俱全。周围群山环绕,有这样一家店可算帮了当地居民大忙。住在店里的有一平的外公、外婆、舅舅、舅妈和表姐。

虽然受到他们的热情款待,一平却并不很快乐。表姐比他大得多,不是合适的玩伴。而且他一直都在都市的公园里玩耍,不懂得怎样亲近自然。

有一天,一平跑到店里的仓库玩。他没有什么目的,就是长日无聊,看电视也没意思,想消磨消磨时间而已。

仓库里堆放着酒瓶和纸箱。他心不在焉地呆望,眼角余光瞄到有东西在动。

那东西迅速躲到冰箱后面。那台冰箱并非家用类型,而是上方装有玻璃门的商用冰箱。

是猫吗?一平暗忖,看大小和猫差不多。

他定睛细看那只小动物躲藏的角落,但光线昏暗,什么也看不到。他试着轻敲冰箱。

冰箱背后传来"啾——"的叫声,不是猫叫也不是狗叫,是他从未听过的声音。

一平又多次敲击冰箱,每次都传出"啾啾"的可爱叫声。一平很想弄清楚到底是什么动物,但它始终不肯从冰箱后面出来。

这件事一平没对任何人提起。

当天晚上吃饭时,他问舅舅:"舅舅,这一带有什么动物?"

喝啤酒喝得面红耳赤的舅舅亲切地答道:"很多啊,狐狸也有,狸猫也有。"

"咦,还有狸猫?"

"是啊,多着呢。"

"你去后山转转就知道了,要多少有多少。"外公也说。

那么准是狸猫,一平心想。如果是狐狸,叫声应该是"呜——"才对。

吃完晚饭，他又来到仓库，敲了敲冰箱，没多久就听到"啾啾"的叫声。他回到厨房，盛了些米饭放在手心，再度走进仓库，把米饭撒到冰箱背后。

"晚安，小啾。"说完，他就离开了。

一平和小啾的亲密关系一直持续到他回家前。他从未看到小啾的样子，只听到冰箱后方传出的声音。他也曾想过移开冰箱，但小孩子根本搬不动。他又不愿向大人求助。他觉得大人若知道有动物躲在那里，肯定二话不说就把它赶走。

离开的前一天晚上，一平来到仓库，站在冰箱前，把几颗花生丢到后面。

"再见了，小啾。我明天就得回去了，你要好好的，小心别给发现哦。"

接着他像往常那样敲了敲冰箱，这次却没听到回应。就在他觉得奇怪、正要再敲一次时，一团小小的影子从冰箱后方闪出，敏捷地跑过地板，蹿上柱子。天花板附近有一扇敞着的小窗，它一口气跑到那里。

"小啾！"一平大叫。

那只小动物在窗框处回了一次头。幽暗的光线下看不清楚它的模样，只见漆黑的瞳孔映着月光，一瞬间闪出光芒。

一平急忙跑到外面，抬头望时，小啾已从窗子跃下。

他吓了一跳,但小啾并没有落到地上,而是轻盈地径直飞向山的方向。那种飞翔的方式既不像鸟儿也不像蝙蝠,是他从未见过的。

狸猫飞走了,他想。至于小啾或许不是狸猫的可能性,他压根想都没想过。

起初一平的想法是,小啾是精灵。他想起了《姆明一族》①这部动画。姆明谷里生活着各种各样的精灵,它们的外形大多是动物,主人公姆明长得就很像河马。

可是姆明不会飞啊。一平心想,会飞的应该是蝴蝶之类的精灵。

后来他明白了,精灵只是想象的产物。国外有人宣称拍到过精灵,但很可惜,都是伪造的。

那么小啾到底是什么呢?既不是精灵,为什么狸猫能飞?一平不断思索着这个疑问,终于想到了一件事。

传说中,狸猫不是会捉弄人吗?

也有人说,狸猫能任意幻化成各种形态。

一平认为狸猫没有捉弄自己,他相信小啾不会对他做这种事。在他想来,小啾一定是幻化成某种会飞的东西了。

他广泛查阅与狸猫有关的民间传说。在很多传说中,

---

①芬兰作家、画家托芙·扬松创作的系列童话。

狸猫不是变身就是骗人，其中一平最关注的是文福茶釜①的传说。

这则传说有多个版本。群马县茂林寺流传的是，一位叫守鹤的老和尚爱用的茶釜神妙不可思议，里面的开水取之不尽、用之不竭，实际上这茶釜就是狸猫变成的。还有版本说，为帮助一对穷夫妻，狸猫化身为金茶釜卖给寺庙换钱，但被火一烧，它就现出了原形。有的版本还有后续的插曲，称茶釜被寺庙转卖到戏班子表演走钢索。

文福茶釜走钢索……这让一平很在意，觉得有些接近空中飞翔的狸猫模样。

于是他得出一个结论：狸猫拥有超能力，文福茶釜的传说也确有其事。那时他只是小学六年级学生。

从此，空山一平一生都致力这项研究。

一平认为，假如他的设想无误，那么不只日本，外国很可能也有狸猫变身的传说。

他首先想到的就是人狼传说。传说的主角是狼，但或许其实是狸猫。狸猫和狼都毛茸茸的，有可能为了增加传说的恐怖感，狸猫的角色就被替换成了狼。

他又想到《美女与野兽》。故事中的王子被施魔法变成

---

① 茶釜即煮茶用的茶锅，文福指热水在茶釜中煮沸时的声响。

了野兽，说不定正是变成狸猫。另外《西游记》形形色色的妖怪里，大部分的原形也都是野兽。

愈是调查，一平愈是了解到世界之大，人类变身为野兽或动物幻化为人类的故事数不胜数，而且故事中的野兽大多毛茸茸的，全部认定为狸猫也毫无问题。

在调查过程中，他发现了一件奇妙的事，这件事记载于希腊神话之中。

引起他注意的，不是动物变身的故事，而是宙斯之子的传说。一平对他的名字很感兴趣——坦塔罗斯(Tantalus)。

有件事一平一直觉得奇怪，就是某首圣歌中"TAN TAN 狸猫"这句歌词。他总在琢磨，这个"TAN TAN"究竟是什么意思呢？人们可从来不说"NEN NEN 猫咪"或者"IN IN 狗狗"[①]之类的话呀。

这时他忽然想到，莫非"TAN TAN"这个词就是来源于"Tantalus"？他这样设想是有根据的。

坦塔罗斯是小亚细亚某地的国王，因冒渎神祇被打入冥界，永久遭受饥渴的折磨。他被罚站在地狱深及下颚的水中，当他口渴想要喝水时，水却迅速流走，一滴也喝不到。

一平发现这个故事正好是文福茶釜的相反版本。一个

---

① TA、NE、I 分别是日语"狸猫"(TANUKI)、"猫"(NEKO)、"狗"(INU)的第一个音节。

是开水怎么都舀不完的文福茶釜，一个是深及下颚却怎么都喝不到的地狱之水。他觉得截然相反的背后，或许反而隐含着渊源。

就这样，超能力狸猫说逐渐变得不可动摇。一平意犹未尽，觉得看到狸猫飞翔的人应该为数不少，却几乎找不到类似的记载。

被这个疑问困扰的他，到读大学时终于恍然大悟。他忍不住暗骂自己粗心。为什么以前就一直没想到呢？

事实上，的确有人目击过，而且记载不胜枚举，只是目击者并不知道那就是狸猫罢了。

他这个惊人的设想，是来自乔治·亚当斯基[①]的启发。

再怎么看，插图上的亚当斯基型UFO（不明飞行物）都和过去绘本里的文福茶釜一模一样。如果说有什么不同，只是没有露出狸猫的脸和四肢罢了，但飞行时缩起头、收起四肢也是很合理的。

此外还有根据众多目击证言画出的其他类型UFO，基本上都很接近文福茶釜的形状。看似窗子的部分应该就是茶釜的花纹，至于很多UFO顶端的突起物，正不妨解释为

---

①乔治·亚当斯基（George Adamski），著名的外星人接触者，拍摄的碟状不明飞行物成为UFO的代表性形象，被称为"亚当斯基型UFO"。

茶釜盖的把手。

一平确信，UFO就是文福茶釜，绝对没错。

他想象着狸猫化为文福茶釜，在全世界夜空任意翱翔的情景，真是既可爱又梦幻。其中一定也有那只小啾的身影。

但也有对他不甚有利的论调。欧美UFO研究组织断言，数不胜数的目击证言中，大部分都只是错觉或误认。他们利用电脑详细分析UFO照片，也分析目击时的飞机飞行状况和天体动向，得出"百分之九十五的证言皆属误认"的结论。

不过一平很快就重拾信心。就算百分之九十五都是误认，也有百分之五是真实的。有观点认为，全世界UFO目击者超过一千万人，那么百分之五就是五十万人，这个数字多么惊人啊！有这么多人亲眼看到过文福茶釜。

一平深入查阅UFO相关文献，发现从本质上说，UFO研究专家的意见不外乎两种：一种认为那是某种交通工具，另一种则认为所有目击证言都是误认所致。

每次看到诸如此类的意见，一平都觉得太不可思议了。为什么没有一个人发现真相呢？那些研究专家中不乏日本人，难道他们没听说过文福茶釜的传说？

后来某一天，他又有了新发现，是关于"狸猫"这个词的语源。

"狸猫"的语源竟然来自英语。

他的灵感是从UFO目击证言中得来的。好几则证言的描述中,都使用了"回旋""回转"之类的词。"回旋""回转"用英语来说,就是"TURN"。

一平忽然想到,这一发音不是很接近日语的"狸猫"吗?他立刻开始详细调查。"狸猫"的英文是"RACOON DOG","RACOON"的本义是"浣熊",也可以简称"COON"。一平试着把单词如下排列组合:

TURNING COON(旋转的浣熊)

他激动不已。这个词只要念快一点,不就跟日语的"TANUKI"几乎一样吗?一定是英美的目击者看到狸猫以文福茶釜的姿态在空中飞旋,于是大叫"TURNING COON"。这故事流传到日本后,就衍生出了"狸猫"这个词。

此外,"COON"还有"奸猾之徒"的含义,这暗示在欧美,狸猫会捉弄人一事也广为人知。

一平对自己的观点愈来愈有自信。到他三十岁那年,终于出版了第一部著作。这部值得纪念的处女作《UFO就是狸猫》甫一推出立刻引起街谈巷议。

《周日特别探索》的主持人介绍了两位来宾之后说道:"那么接下来,我们就请主张'UFO为外星人交通工具说'

的大矢真先生,针对空山一平先生的'UFO为狸猫说'提问。大矢先生,您想先从哪个问题开始呢?"

"首先,"瘦小的大矢倾身向前,斗志在脸上表露无遗,"我想请问空山先生,为何会提出这种荒唐论调?依据何在?"

"第一个依据是民间传说。我认为文福茶釜的故事是真实的,其中茶釜走钢索的情节,正是狸猫在空中飞翔的暗示。第二个依据是,目击者看到的UFO外形和文福茶釜一模一样。"

"胡说八道,我从没见过狸猫会飞。"

"哦,这里有必要说明一下,狸猫大致分为两种,一种是普通狸猫,另一种是超能力狸猫。我刚才提到的是后者。超能力狸猫会飞,这是我儿时亲眼所见。"

说到这里,空山一平眼中光芒闪动,充盈着无可言喻的怀念之情。摄像机清晰地捕捉到了这一幕。

"再者,"一平续道,"大矢先生说没见过会飞的狸猫,但您在很多著作里都提过,您曾亲眼看到过飞碟,对吧?其实那全是变成文福茶釜的狸猫。"

"你、你乱说什么,我看到的明明是UFO!"

"不,您还没理解我的意思,"一平从容不迫地说道,"所谓UFO,含义就是不明飞行物体,换句话说,还无法确认其真实面貌。而我刚才告诉您的，正是我研究的答案——UFO 其实就是狸猫。"

"我看到的是外星人的交通工具！"大矢把桌子拍得砰砰响。

一平闻言一怔。"外星人……吗？"

"没错。"大矢重重点头。

"为什么您会这样想？莫非您见过？"

"我是没见过，但见过的大有人在，也拍到过照片。"

"什么样的照片呢？"

"今天提问的人是我才对吧？"说着，大矢支起一旁的两块说明板，"比如这张和这张。"

两张照片拍的都是一种个子矮小、光滑无毛、以双足行走的奇妙生物，一张照片拍的是它在岩石嶙峋的山峰上行走的情景，另一张照片中，它被两名身材高大的白人男子抓住双手。

但空山一平不动声色，只回了一句"哦，是这张啊"，然后亮出自己准备的说明板。上面的照片与大矢刚才出示的一般无二。

"我也认为这两张照片是重要的证据。"

"为什么这会变成你的证据？"大矢怒目问道。

"因为，"一平微微一笑，"它们都是狸猫。"

主持人和助理惊得往后一仰。大矢似乎一时没反应过来，露出茫然的表情，接着整张脸涨得通红。

"开什么玩笑！这到底哪里像狸猫？连一根毛都没有！"

"实际上，"一平镇定自若地说，"狸猫是会换毛的。"

"换毛？"

"狸猫虽拥有超能力，终究仍是野兽，还是会换毛。尤其照片里的狸猫，更是如各位所见，毛掉得一干二净。这种状态下等于失去了保护色，自然很容易被发现。所以所有拍下的照片、目击者的证言中，外星人全是一副光溜溜的模样。"

"证、证据呢？"大矢唾沫四溅地问，"你凭什么说它是狸猫？"

"很遗憾，我并没有物证，不过大矢先生，也有观点认为这些照片都是骗局，是把猴子之类的小动物剃光毛，伪装成外星人的样子。"

"总有人喜欢钻牛角尖。"

"那如果说这并非骗局，只是碰巧拍到自然脱完毛的小动物呢？这样就等于证实了我的看法。"

大矢的嘴角微微抽搐，但一平视若不见，径直往下说："关于狸猫换毛，我发现了一个线索，也是出自日本的民间传说，就是大家都耳熟能详的河童。"

"河童跟狸猫八竿子也打不着吧？"

"乍看的确如此，但如果假设河童就是完全脱毛后的狸猫，那合情合理的地方就多得惊人了。先说河童那甲壳，不折不扣就是茶釜。脱毛后的狸猫变身为文福茶釜，看起来活脱就是河童。所以也不妨说，UFO 的真面目就是河童。还有河童头顶那独特的圆盘，与男子罹患圆形脱毛症的样子十分相似，这也是它正在脱毛的明证。"

"河童也是外星人！"大矢叫道，"背上的甲壳是氧气瓶，嘴巴是氧气罩！"

"那原因呢？"一平问，"外星人为什么要待在偏僻的池塘里？"

"这种事谁知道，我看是为了调查人类世界吧。"

"空山先生，那狸猫又为什么要生活在水中呢？有原因吗？"主持人问。

"当然有。更确切地说，超能力狸猫种类繁多，其中就包括水栖类。为了和陆生类区分开来，我把水栖类称为超能力水獭。"

"水獭？"主持人一脸错愕。

"您这样理解好了，如同狸猫那样，水獭也分为普通水獭和超能力水獭，而脱毛后的超能力水獭被人们称为河童，这就是事实真相。在我国的民间传说中，水獭栖身在水底干坏事、学说人话骗人、把人拖到水里，这不仅与河童的传说有一致之处，与狸猫捉弄人的故事也若合符节。"

"这样啊……"主持人钦佩地瞪大了眼睛，旁边的女助理也频频点头。大矢见状心中发急，握住麦克风说道："那直立行走这一点你又怎么说？目击者描述的外星人可都是双腿行走！传说中描绘的河童也正是双腿直立的模样！"

空山一平依然面不改色。"您没见过狸猫的摆饰吗？它们全都是两条腿站立的姿态。很早以前人们就知道，有的狸猫会用双腿行走，那就是超能力狸猫。"

大矢霍地站起。"照、照你这种讲法，不是想怎么扯就怎么扯？反正抬出超能力狸猫这种虚实难测的玩意儿就行了！"

"自称拥有超能力的人要多少有多少，既然这样，狸猫拥有超能力也没什么稀奇吧。况且，要说无法证明所持观点的真实性，您不也是彼此彼此吗？"

"外星人当然存在！"大矢开始乱了阵脚，"这一点早就获得证明，很多人都见过外星人，还有人有过和外星人接触的神秘体验！"

"哦，譬如说被外星人带到外星球，或是被施行奇妙的手术？"

"是的。"

"哈哈哈,"一平笑了,"他们都被狸猫捉弄啦。"

插播广告过后,两人再度展开论战。

"我想换个话题探讨一下,"大矢看似冷静了一些,拿手帕擦了擦嘴角后说道,"你的主张我大致了解了,可你当真觉得UFO为狸猫说足以解释一切?"

"正是。"

"那人体自燃现象你怎么看?还有Cattle Mutilation,也就是动物的部分肢体被类似锐器之物切除的现象,又怎么说?这些都和UFO关系密切,你能给出合理的解释吗?"

听到这一连串质问,一平首次微微低下了头。

大矢见状信心大振,追问道:"到底行不行?"

一平抬起头。"提到这个话题,我打心底感到痛心,因为不得不对我心爱的文福茶釜狸猫提出指责。但我相信做出这种坏事的,只是狸猫中的极少数……"

"空山先生,空山先生!"主持人插口道,"您究竟想说什么?"

"抱歉,"一平干咳一声,"没办法,我就坦率直说了吧。遗憾得很,不论人体自燃还是Cattle Mutilation,毫无疑问都是狸猫干的勾当。先说Cattle Mutilation好了,详细调查这种现象就会发现，与其说是动物的部分肢体被利刃切除，不如说是被吃掉更为确切。通常被吃掉的都是眼睛、睾丸、舌头、嘴唇这些体表的柔软部位，还有内脏。这让我想到，狸猫恰是食肉动物，而且贪得无厌。当我看到受害的牛的尸骸时，就确信一定是狸猫捣的鬼。"

说到这里，四周的电视台工作人员也都信服地点头，大概是因为狸猫吃牛尸骸的情景，想象起来一点也没有突兀感吧。

"那、那人体自燃呢？"大矢早已失去了从容。

"这个问题解释起来要费些口舌。简单来说……"一平稍稍一顿后开口，"就是狸猫会喷火。"

"咦！"演播室里响起一片惊叹。

"空山先生，狸猫会喷火是什么意思？"主持人急忙问道。

"狸猫体内能产生若干种气体，其中之一是沼气，我们人类的屁里也含有这种气体。狸猫从肛门喷出沼气时，利用某种方式点火，就会如同火焰喷射器般喷出火来。"

四周的观众一脸恍然大悟的表情。人类的屁可以燃烧，是尽人皆知的事实，所以这番解释听来也很易懂。

"这种现象在日本自古以来便广为人知，其他国家也有类似的传说。在日本，我们称之为'狐火'，想必是不知何时把狸猫和狐狸弄混了,又或是古人有意开的玩笑。"

"牵强附会!"大矢再度猛力拍桌,桌上的果汁杯应声而倒,但他不管不顾,一径吼道,"什么事都硬扯到对自己有利的方向!"

"我只是依样而为,"一平说,"虚心学习以您为代表的众多超自然现象研究专家的做法而已。"

大矢霎时间哑口无言,随后又伸手指着一平的脸,说:"那飞行的原理呢?你说狸猫会飞,那就把会飞的奥妙说来听听!"

"让我来为各位说明。"一平点点头,"在说明之前,可否也请大矢先生解释一下,如果说 UFO 是宇宙飞船,它为什么能够飞行?"

"哼,这要解释还不容易,它飞行依靠的是反重力。"

"反重力?"

"没错。"似乎是惊讶于他的无知,大矢傲然挺起了胸膛。

"请问什么是'反重力'呢?"

一平一问,大矢便摆出一副不耐烦的面孔,像在说"外行人什么都不懂,真麻烦"。

"就是对抗重力的力量,所以宇宙飞船才能悬浮在空中。"

"那么我想请教,这种力量是怎样运作的?"

大矢眼中登时露出畏缩之意。"那、那是外星人凭借高度发达的文明创造出来的，我们怎么可能明白！"

"也就是说，您并不清楚宇宙飞船的飞行原理啰？"

"我可以肯定，绝对是利用反重力来飞行，接触过外星人的目击者都这样形容。"

"哦，是吗？"

"话说回来，我问你的问题呢？你能解释狸猫飞行的原理吗？"

"当然可以，原理并不难。"空山一平确认了摄像机的位置后，开始侃侃而谈，"我刚才也提过，狸猫体内会产生若干种气体，其中之一就是氦气。氦气应该是储存在从肺进化而来的脏器中，平常经过强力压缩，体积很小，但当狸猫变身为文福茶釜时，氦气便同时释放出来。很多人都见过肚子如热气球般鼓起的狸猫摆饰吧？这正说明它腹中充满了气体。当它膨胀得像热气球一般，里头充斥的又是氦气，身体当然能浮上天空。这样就大功告成，接下来只要从肛门喷出气体就能前进了。"

"原来如此。"主持人交抱着双臂说道，"这样说来，狸猫的确可以飞。"

"就是好像臭了点儿。"女助理蹙起眉头。

"这正是关键所在。"一平答说，"放出气体并不是超能力狸猫的专利,普通的狸猫、狐狸、黄鼠狼、臭鼬都会放臭屁。但对超能力狸猫来说,有时候放出的气体可不只是臭那么简单。"

"具体来说呢?"主持人问。

"有时超能力狸猫放出的臭气中含有致幻气体。什么情况下它会放出这种气体,目前还不太清楚,人类一旦吸入体内,就会产生强烈的幻觉,甚至明明子虚乌有的事情,也会错以为亲身经历过。"

"换句话说,就是被狸猫捉弄喽?"女助理开心地说。

"没错。"一平含笑回应。

"荒谬!"大矢双手用力一拍桌子,愤然站起,"为什么你们都听得这么认真?这种鬼话也能信吗!说什么UFO、我们最珍视的UFO是狸猫,是文福茶釜,这种事、这种事……绝对绝对不可能!"他几乎快哭出来了。

看到大矢怒发冲冠,一平暂时停止发言,只是静静地注视着他。隔了片刻,他拿出几张照片站了起来。

"大矢先生,请看这几张照片。第一张照片是有名的'麦耶UFO',您也曾制作过相关的节目,应该记得很清楚吧。一九七五年六月十二日上午十点半左右,居住在瑞士小镇的爱德华·比利·麦耶拍下一系列照片,这就是其中之一。"

这张照片是从高地俯拍的,照片中央悬浮着一个类似宽边帽的物体。

"想必您也知道，经过科学家的透彻分析，对这张照片产生了几个疑问。其中最大的疑问就是，根据拍摄者麦耶的描述，UFO 的直径约有七米，但从照片来计算，却只有二十五厘米。由于这一矛盾，科学家认定这张照片是假造的，但我并不这么认为。事实上的确出现过直径二十五厘米的 UFO，再说，文福茶釜狸猫差不多就是巴掌大小啊。麦耶应该是受到致幻气体的影响，才会对 UFO 的体积产生错觉。"

他又拿出几张照片。

"这些都是从大矢先生的著作中选取的 UFO 照片，现在都被学界判定为弄虚作假，只是把小型模型抛向空中，然后摄入镜头罢了。但我对这种意见无法苟同，这些全部都是狸猫，是文福茶釜。尤其这张照片更是有力的证明。"

说着他举起一张照片，上面一个扁平的圆盘正飞过屋顶，顶部黑色的突起清晰可辨。

"专家认为这张照片耍的花招更加拙劣，只要放大来看，分明就是锅盖。我很想说，开什么玩笑，这是文福茶釜！既然是茶釜，有盖不是天经地义的吗？大矢先生，请和我并肩作战，让那些冥顽不灵的科学家刮目相看吧！"

一平走到大矢身旁，和他紧紧握手。

大矢沉默不语,目光茫然。

录完节目,空山一平回到和歌山的家中。

他在母亲老家附近盖了栋房子,目的自然是方便研究文福茶釜。此外,他也期待有朝一日与小啾重逢。

一回到家,他便操作起摄像机。这台摄像机正对着后山,每天持续拍摄森林的动静。他的目的是拍下空中飞翔的狸猫,但迄今尚未成功。

他仔细地查看当天录下的影像。

今天还是没有拍到狸猫。

但画面上不时掠过飞鼠的身影。

无人岛大相扑转播

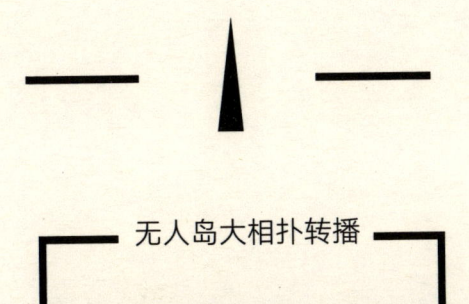

正在客房里收看大相扑①的电视转播,画面忽然模糊一片。

"搞什么,搞什么,出什么毛病啦?"

躺在床上的我只得爬起来,把电视机按键乱按了一通,却一点儿也不见好转。

这时,洗完澡的惠里子披着浴衣,腰肢轻摆,风情款款地回来了。

"哎呀,怎么回事?电视怎么没画面了?"

"我也不知道啊。照理说是卫星转播,应该不会收不到。可恶,马上就到最后一组贵田花对武藏麿的比赛了!"

---

①日本相扑协会举办的专业力士相扑比赛。

"什么，小贵就要出场了？讨厌，快给我恢复正常啦！"惠里子砰砰地拍打着电视机侧面。

"笨蛋，你想把电视拍坏啊？"

"我老家的电视这么拍一拍就好了。"

"这里可是豪华客轮，别跟你老家那种破烂货相提并论——"

"啊，好了！"惠里子说。

画面确实一瞬间恢复了正常，但转眼又嘎嘎地闪烁不定。

"讨厌！"

惠里子又开始拍打电视机侧面，我索性也跟着凑热闹。画面偶尔清楚一下，但总好不了多久。

"可恶，什么烂电视！"我禁不住咂舌。

"小贵的比赛要开始了！"

"去大厅看吧。"

我们赶紧换好衣服，走出客房。

大厅的电视机前坐着两个男人，一个是小个子中年人，嘴里叼着雪茄，衣着打扮颇为得体，另外一位身材瘦削，端坐在电视正前方，双目炯炯地盯着画面。我和惠里子在稍远处的沙发落座，但视线刚好被瘦削男人挡住，看不太清楚。

"喂，你挡到我们了，麻烦挪开点儿。"

我出声提醒，但他纹丝不动。我正想再次抱怨，小个子男人朝我走过来，诡谲地一笑。

"你现在跟他讲什么都白搭，他的心思全在比赛上呢。"

"我们也是相扑迷啊！"我抗议道。

小个子依然浅笑着摇头。"那人可不是一般的相扑迷，他是日本第一相扑博士，德俵庄之介。"

"什么，他就是大名鼎鼎的德俵庄之介？"我瞪大了眼睛。

但凡与相扑有关的一切，德俵庄之介可谓无所不知无所不晓，据说他不仅谙熟古今相扑力士的资料，连过去的所有比赛也全部了如指掌。

"那人在念叨什么啊？"惠里子问。

的确，德俵一直对着画面喃喃自语。

"哦，那是他的老习惯了。"小个子说，"德俵先生曾是电视台的主播，负责相扑比赛实况报道，但因太过沉迷相扑，后来被解聘了。到现在他只要一看到相扑，嘴里还是会念念有词，只不过自己意识不到。"

"真厉害！"

我望向德俵，与其说对他感到钦佩，倒不如说心里有点发毛。他似乎根本没听见我们的谈话，依旧对着画面不住低喃。

我们乘坐的客轮从日本出发，将在环游东南亚后抵达印度。客轮上的设备不亚于豪华宾馆，不但有高级时装店和餐厅，赌场、健身房和游泳池也一应俱全。中途停靠港口时还可以就地观光，尽情享受当地美食，堪称愉悦得无可挑剔的海上之旅。

上个月父亲过世，我继承了公司。为庆祝即将就任社长，我带着女友惠里子参加了这次旅行。

晚上我和惠里子在酒吧喝酒时，再度遇到德俵和那位小个子。他自称谷町一朗，是一家大型旅行社的经营者。

"旅行社老板和相扑通，你们这对组合真特别。"我交替看着谷町和德俵说道。

"是啊。老实说，我正在构思一项新的策划方案。现在不是已经有大相扑海外巡演了吗？我的计划是举办海上巡演，就在这艘客轮上搭建土俵①，在十五天的航海旅程中完成一个赛季的比赛。"

"这可太了不起了！"我不由得瞪圆了眼睛。

"我这次是来前期考察，同时邀请德俵先生作为顾问一道前来。"

---

①相扑力士的比赛场地。

"这样啊。"

我看了看德俵。虽然话里谈到他,他却依然浑不在意,眼神飘向斜下方。

惠里子开口问他:"听说所有比赛你都记在脑子里,是真的吗?"

德俵眼中骤然精光一闪,缓缓望向惠里子。

"你就随便问吧。"谷町从旁插口。

"好,那就请教一下……"惠里子抿着嘴想了一会儿,问道:"三年前名古屋赛①第十天,千代之藤的对手是谁,比赛结果如何?"

德俵闭目思索几秒,倏地双目圆睁,脱口而出:

"比赛终于开始了!赛季第十天的最后一组比赛,千代之藤的对手是年轻选手中的明日之星——角樱!角樱能够不抓千代的腰带,纯粹以手掌全力推击取胜吗?千代之藤似乎准备尽快抓住角樱的前腰带拿下!现在双方同时蹲下身子,裁判宣布开赛时间已到!两人直起身了!角樱使出全掌推击!千代用力拉住角樱的手臂,角樱继续猛推!千代欺近身,出手去抓角樱的腰带!角樱后退闪避!千代向前推击,角樱撑住了!千代前推!再前推!角樱被逼出场

---

①日本每年举行六次大相扑比赛,三次在东京,另外三次分别在大阪、名古屋和九州,每次为期十五天。

外！"德俵大气不喘一口地说完,最后平静地加上一句,"千代之藤漂亮地把角樱推出土俵,赢得了比赛。"

我和惠里子听得目瞪口呆,而德俵又恢复了原来那副没精打采的模样。

小个子谷町扑哧一声笑了出来。"所有的比赛德俵先生都是一边实况转播,一边记在脑海里的,所以回忆的时候也只能用同样的形式来描述。"

"感觉就像在听收音机一样。"

"没错,他的外号就叫收音机男。"

"真的假的!"我和惠里子同时失声惊叫。

这天晚上,我们正在双人床上相拥缠绵,忽然警铃大作,紧接着广播响起,通报船上发生火灾。我们一丝不挂地从床上滚了下来。

"快穿上衣服,再不逃船就要沉了!"

"我不想死啊!"惠里子哭丧着脸说。

我们带上贵重物品冲出客房,走廊上挤满了陷入恐慌的乘客,我们很快就被卷入人群,晕头转向地不知如何是好。

回过神时,我们已坐上救生艇,在海上随波漂流。四周还漂着很多救生艇,刚才还是我们安乐乡的豪华客轮,此刻已在冲天的火光中缓缓沉入黑暗的大海。

不知过了多久,我们的救生艇终于漂到某个小岛上。似乎是个无人岛。

"大家就在这里等待救援吧。"客轮的轮机员向十几名乘客说道,"救援队应该正在赶过来。"

"可他们不一定能马上找到我们啊。"

说话的是谷町,原来他和我们同坐一条救生艇。再看他身旁,德俵也在。

"只要救援队到了附近,就能用袖珍无线对讲机和他们取得联系。就算找到这里要花上一段时间,顶多也就等个三四天,我们的应急食品很充足,尽管放心。"

或许是为了鼓励大家,轮机员的语气显得很乐观。

随后分发了应急食品。说是"很充足",其实只有饮用水和压缩饼干。吃这点东西能撑几天呢?心里不安,但发牢骚也无济于事,我们只能依靠这些食物等待救援。

每天百无聊赖地苦等也很难熬,我们没有收音机听,也没有书看。第一天好歹熬过来了,到了第二天,所有人都开始心浮气躁,甚至有人公然调戏惠里子,害得我坐立不安。

第三天早上,我一觉醒来,发现大家都聚在一起。走过去一看,他们正围着德俵庄之介。

"接下来,将由横纲①泰鹏对阵小结北之藤。双方互相盯视,摆出蹲踞②姿势,本场的裁判是武守伊之介。好,两人直起身了!北之藤双掌推出,紧接着插向泰鹏腋下!泰鹏没能取得上手③!北之藤从右侧插臂反挟强压!泰鹏侧身一闪……现在泰鹏取得上手了,可惜只抓住腰带外层。北之藤用头顶住泰鹏!"

"他在说谁啊?"惠里子问我,"什么泰鹏、北之藤,从来没听说过。"

"两人都是二十年前的相扑力士,看样子他是在重现当时的转播实况。"

德俵唾沫横飞地继续。

"看来这将是一场持久战!为避免泰鹏下手插臂,北之藤采取半侧的姿势。泰鹏取得了上手,但北之藤竭力弓身向后,泰鹏抓腰带的手被拉到极限,难以发力!哦,北之藤忽然向前跨出,一口气推挤过去!泰鹏拼命撑住,同时两手都抓住北之藤腰带!北之藤继续推挤,啊!泰鹏被举起来了!他被举起来了!被举起来了!泰鹏猛然后仰将北

---

①相扑手的等级由低到高分为序之口、序二段、三段、幕下、十两、前头、小结、关胁、大关和横纲。十两以上的等级统称为幕内,属于力士中的上层。
②力士的基本姿势之一,以脚掌尖着地,双膝外张,双肩放松后将手放在膝盖上。为取得平衡,上身必须挺直以维持重心。此举乃表示尊重对手之意。
③指从对方胳膊外侧抓住腰带,对应的"下手"则指插入对方腋下。

之藤摔出！两人同时跌到土俵外！军配①指向泰鹏，指向泰鹏！有争议吗？没有！泰鹏以一记后仰侧摔反败为胜！"

听众一阵惊叹，旋即响起掌声。

"现在播报今天的比赛结果，先从幕内级力士的比赛开始。白黑山对砂岚，砂岚凭借体重一气压倒白黑山胜出！铁板山对骨川，骨川以一记踢腿拉臂侧摔获胜！岩石岳对山本山，则是……"

就在德俵滔滔不绝地播报赛事结果之际，谷町忽然冒了出来。

"各位，三十分钟后我们将继续转播第二天的比赛。从下一场开始，请付给我一块饼干作为收听费。"

"什么——"周围的听众嘘声四起。

"哪有这种道理！"

"就是就是！"

"在这种鸟不生蛋的荒岛上，还能听到完全不输给收音机的精彩相扑转播，区区一点儿收听费不算什么吧？"谷町呵呵笑道。

众人纷纷散去后，我向谷町搭讪。"亏你想得出这么绝的主意。"

谷町戳了戳额头。"人要随时动脑子嘛。往后还不知得

---
①裁判用来指挥的扇子，扇子指向的一方为胜者。

在这里待多久,不想办法收集食物怎么成。"

"嗯。为什么要转播年代那么久远的比赛呢?"

"如果转播最近的比赛,只要稍微对相扑有点兴趣的人,就可能还记得比赛结果。但如果是二十多年前的比赛,基本上没人会记得啦。喂,这位小姐,麻烦你不要随便跟他聊天。"谷町警告惠里子。

"我已经和德俵先生签了约,想免费听转播可不行。"

"喊,小气鬼!"惠里子沉下脸来。

"有兴趣听的话,请带着食物三十分钟后过来,我会为两位保留贵宾席。"谷町搓着手说道。

漂流到无人岛的第五天,终于通过无线通信和救援队取得了联系。但因海上风高浪急,必须再等待一段时间才能获救。

若在以前,我们一定会心急如焚,幸亏现在有了德俵这个大救星。

听德俵的实况转播,就跟听收音机一模一样。他不是泛泛地照念记忆中的比赛实况,简直就像身上安了天线,捕捉到实况转播的电波后,直接从收音机喇叭转述出来。

大相扑的一次比赛为时十五天,德俵通常用三十分钟播报完一天的赛事,休息三十分钟后再度开播。依照这样的进度,十四个半小时便能听完一次大赛。这种"无人岛大赛"可说是我们唯一的娱乐了。

"好,岩石岳取得上手了!他要全力把北之藤摔出去,但北之藤也用力撑着!"

"上啊岩石!把他摔出去!"

"坚持住啊!北之藤!"

德俵的实况转播听得多了,每个人都产生了正在听收音机的错觉,也有了各自支持的力士,还有人在他播报期间呐喊加油,完全没有不协调的感觉。

"北之藤也采取下手应战!双方展开激烈的互摔!啊,岩石的膝盖着地了!下手拉带过腰摔!北之藤以一记下手拉带过腰摔胜出!"

"太好了!"

"可恶!"

听众有的大声叫好,有的垂头丧气,俨然一副收听收音机实况转播的景象。

我正听得入迷,冷不防旁边有人捅了捅我的腰,转头一看,是客轮的轮机员。他冲我嘻嘻一笑。

"下一组比赛,我跟你赌两块饼干怎么样?我赌筋肉山赢。"

酷爱赌博的我一口答应。"好啊,那我就赌肉弹川赢。"

比赛旋即开始，肉弹川被筋肉山提出场外，败下阵来。

"呸，真见鬼！"我只得交给轮机员两块饼干。

没多久周围的人都赌上了，我和惠里子也下了几注，可我们俩的直觉都不灵，手上的食物越赌越少，很快两人加起来也只剩半天份了。

"怎么办哪！这样我们岂不是要活活饿死？"

"我知道，可是运气这么背，我也没法子呀。"

漂流到无人岛的第六天，"无人岛大赛"的气氛空前火爆，因为今天是赛季最后一天，前五天里横纲泰鹏全胜，另一位横纲柏怒则输了一场，如果最后这场比赛柏怒获胜，两人的战绩就将平分秋色，必须加赛一场冠军争夺战。

在众人的瞩目中，比赛拉开了序幕。

"泰鹏和柏怒互相插臂提带，双方都放低姿势！啊！泰鹏向前跨出一步，柏怒往右一甩，又反推回去！推挤、推挤、再推挤！泰鹏从左侧使出拉带过腰摔，但柏怒稳稳没动！泰鹏失去平衡，被挤向土俵外！挤倒、挤倒、挤倒！柏怒以挤倒获得胜利！"

听众一半唉声叹气，另一半则喜上眉梢。此时谷町从人群中闪出，宣布冠军争夺战将在二十分钟后进行。

决赛还没开锣，众人已早早开始下注。

"我压五块饼干赌泰鹏赢。"

"我也赌泰鹏赢,压两块饼干。"

"我压三块饼干赌柏怒赢。"

"就看这场了!我压四块饼干赌柏怒赢。"

赔率是三比一,泰鹏比较被看好。我决定孤注一掷。

"好,我压全部的食物赌柏怒赢!"

"哇!"听到我这样豪赌,众人发出一片惊叹。

"你在想什么啊?万一输了怎么办?"惠里子快哭出来了。

"你放心,我自有妙计。"

我带着惠里子进了林子。等了一会儿,谷町过来了。我知道他一向在这里小便。

我和惠里子出现在他面前,吓了他一跳。

"有件事想拜托你,"我说,"下场比赛让柏怒赢吧!"

谷町莞尔一笑。"这我爱莫能助,德俵先生只会把储存在脑海里的记忆忠实地播报出来。"

"所以要请你从中帮忙呀,只要你点个头,以后我们公司的员工旅游就全包给你了。"

"唔……"谷町登时换上生意人面孔细细盘算,"你们的员工旅游去海外吗?"

"那当然了。"我煞有介事地说。

"可万一是泰鹏获胜……不知他有没有办法谎报战况。"

"你跟他说,只要让柏怒赢,我就奉送一年份的大相扑门票给他。"

"哦,那或许会打动他。不过你千万要保密。"

"嗯,我知道。"

我们随即回到原地等待。过了片刻,谷町和德俵双双现身。德俵的脸色似乎不大好,我猜谷町已经叮嘱过他了。

在所有人的热切注视下,收音机男德俵开始了转播。

"冠军争夺战终于到来了!横纲泰鹏从东边上场,同样身为横纲的柏怒从西边上场,全场欢声雷动!"

"拜托了,泰鹏!你一定要赢啊!"

"柏怒,冲啊!"

"双方互相瞪视,场内响起掌声。好,比赛时间到了!双方撒了盐①,泰鹏慢慢摆出预备姿势,柏怒也已经蹲低身子。现在双方伸手接触地面,调整呼吸……直起身了!两人以惊人的气势撞在一起,展开激烈互搏!"

"上啊,泰鹏!"

"把他挤出去,柏怒!"

"两人都没能取得上手。柏怒逐渐放低姿势,泰鹏抱住柏怒的右臂……哦!他竟然想在这时使出插臂侧身抛摔!

---

① 相扑比赛前,力士会抓把净盐撒在土俵上,以使场地清洁,以免皮肤擦伤感染,并祭祀天地,祈求安全。

柏怒撑住了！而且转守为攻！泰鹏开始后退！"

"太好了，就是这样！"我禁不住呐喊助威。

"柏怒不断向前推挤，但泰鹏取得了上手！柏怒全力前推！啊！退回来了！双方又回到土俵中央，泰鹏果然毅力过人！"

一片叹息声中，有人拍手叫好，也有人破口大骂，我则急得直跺脚。

"柏怒也取得了上手！现在双方互相插臂提带，全力推挤！啊，泰鹏试图提起柏怒！柏怒也用力拉扯泰鹏的腰带，同时使出外侧勾腿，企图将他压倒！泰鹏不为所动，继续向前推挤！柏怒稳住脚步，同时把泰鹏向旁边一抛，啊！双方都使出抛摔——"

说到这里，德俵忽然张着嘴巴不动了，紧接着额头流下黏汗。

"喂，你怎么啦？"

"怎么回事啊，到底谁赢了？"

大家开始骚动，但德俵一味哆嗦着下巴，就是说不出话来。

"糟了！"谷町凑到我旁边耳语，"看来果然是泰鹏胜出，他无论如何编不出谎，左右为难，直接卡壳了……"

"喂！你倒是说话呀！"

"出什么问题啦?"

众人纷纷拥上前追问。

这时不知谁说了声:"不会是坏了吧?"

此言一出,所有人都开始砰砰地敲打德俵的脑袋,不住嚷着:"收音机坏了!收音机坏了!"

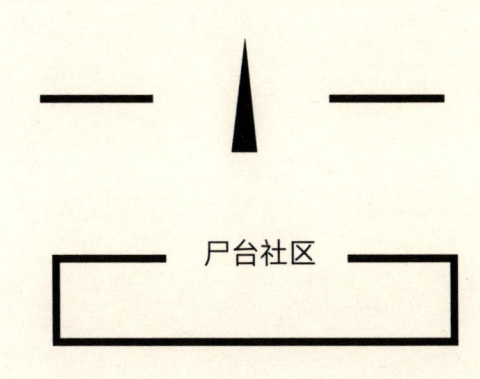

尸台社区

闹钟铃声嘀嘀响起,我本能地伸手想去按停,手背却重重撞上某样硬物的边角,痛得眼冒金星地跳将起来。

"好痛啊!"

仔细一看,原来闹钟旁搁着一台袖珍液晶电视。

"喂,怎么回事?这玩意儿怎么会摆在这里?"

老婆还在被窝里背对着我酣睡,肥硕的屁股就在我眼前。听到我问话,她老大不耐烦地转过身来,动作迟钝得犹如《幻想曲》[①]里跳芭蕾舞的河马。

"什么事呀,吵死了。"

"我问你这是什么!"我不由得提高了声音,这时闹钟

---

①迪士尼1940年出品的音乐动画电影。

铃声已经变成急促的嘀嘀嘀嘀声。我赶紧按掉开关,时间显示是五点半。

"闹钟啊。"

"不是,我是问旁边这个!"我把液晶电视举到老婆鼻子底下。

老婆像赶苍蝇般挥挥手。"不就是电视嘛。"

"我知道这是电视,问题是为什么会摆在这里?你几时买的?"

"前些日子邮购的,还不是因为你不同意在卧室放普通的电视。"

"我每天要早起,你在旁边看电视,我哪里还睡得着。"

"所以我才买这个啊。这样就能在被窝里看电视了,只要我戴上耳机,你就听不到声音了。"

"可你也得早睡早起啊!"

"我和你不一样,九点多十点上床我根本睡不着,在床上干躺着听你打鼾,实在很烦人。再说就算看电视,撑死了也只能看到十点档的电视剧。唉,以前在东京还能时不时看看深夜节目。"说着她故意打了个大哈欠。

一提到从前在东京的时光,我就无话可说了。我抓了抓鼻翼,低头看着液晶电视问:"这个花了多少钱?"

"也没多贵啦,瞧你这小气劲。"老婆皱起眉头。

"算了。你快点起来,我饿了。"

"这么早爬起来,亏你倒还有胃口。"她哼哼唧唧地坐起肥胖的身子,张口又打了个哈欠。

就在这时,忽然传来"哇"的一声好似巨大爬行类动物发出的尖叫,和老婆打哈欠几乎同时发生,我差点以为是她在怪叫。

"刚才是什么声音?"

"好像是从门外传来的。"

"我过去看看。"

我匆匆套上衣服走出卧室,发现女儿绘理也一身睡衣来到走廊上。

"爸爸,刚才那是什么声音哪?"绘理揉着惺忪的睡眼间,左边头发睡得翘了起来。

"你快回房间。"

我下楼从玄关出了大门,只见一个系着围裙的女人跌坐在门柱对面。是对门那家的主妇。

"哟,是山下太太啊,你怎么了?"我边打招呼边走了过去。

山下太太僵硬地朝我转过头。她双目圆睁,流着鼻水,嘴角微微抽搐。

"……出什么事了?"

我意识到事态非同小可,当即继续朝她走去,发现有人倒卧在离她几米远处。那人穿着灰色西服,应该是个男的,仰躺在地,隆起的啤酒肚上染着红褐色。不知什么东西插在他肚皮上,看起来就像小山丘上竖着一个十字架。我旋即发现那是一把刀。

"啊!"我很没出息地大叫一声,向后直退。

这时绘理跑了出来。"爸爸,你在干吗?"

"不要过去!"我一把将她抱起,挡住她的视线。

"怎么啦?"老婆也趿着拖鞋出来了。她在睡衣上罩了一件开襟毛衣,刘海上还粘着一个卷发器。"哎呀,这不是对门的太太?怎么坐在这种地方,出什么事了?"

"啊,你别出去!"

老婆对我的话充耳不闻,径自走出大门。没多久她就发现了尸体,惊得猛一哆嗦,僵立不动。但她没有失声尖叫,随即战战兢兢地凑过去仔细打量。

"这个人死了?"老婆一脸悚然地问道。

"没错。"我说,"快回来。"

"嗯……"老婆俯下身望着死者的脸庞,"我还是第一次看到尸体呢。"

"啊,我也要看!"

"喂!"

绘理挣脱我的怀抱跑到路上，躲在她妈妈背后偷眼张望尸体，然后天真烂漫地嚷道："哇，好吓人！"随即又捡起掉在地上的棍子，戳着尸体的侧腹。

"绘理，很脏的，不要碰！"老婆阻止她。

"唷，大家早啊。"隔壁的远藤西装革履地迈出家门。在我们社区，他几乎每天都第一个出门上班。正要骑上自行车，他忽然瞥见倒在路边的尸体，登时失去平衡，连人带车翻倒在地。"哇哇哇！哇哇哇哇哇！"远藤跌坐在地，指着尸体，"那、那、那是什么？"他的眼镜都歪了。

"早上好！"斜对面的主妇笑眯眯地出来了，几秒过后，她尖叫起来，僵立着动弹不得。

其他住户也陆续露面。

"大家围在这儿干吗呢？嘿咿！"

"出什么事了？呀啊！"

"怎么了？怎么了？我看看……哇！"

尖叫声、惊呼声此起彼伏，转眼间尸体旁便围上了一圈人。说来奇怪，随着人数的增加，人们似乎可以比较镇定地面对眼前的尸体了。最初吓得腿软的那些人，看热闹的心态也逐渐占了上风，甚至为了看得更清楚不断往前凑。

"唔，这到底是怎么回事？"町内会会长岛田瞧着尸体说，"这里怎么会冒出尸体？"

"看样子是他杀。"我试探着说,众人一致点头。

"这人是谁啊?"老婆随口问道。

"不认识。"岛田会长说,"大概是推销员之类的。有哪位认得他吗?"

没人应声,都只是摇头。我也没见过此人。

"伤脑筋。"岛田会长抓了抓脸颊,喃喃自语,"那就只有报警了吧?"他的语气像在征求大家意见,有几个人点了点头。

"一定得报警吗……"有人低声插嘴,是刚才跌倒在地的远藤。

岛田会长向他望去。"你什么意思?"

"呃……我知道不该有这种想法,可一想到现在的情况,忍不住就……"远藤吞吞吐吐地说。

"你想说什么?有话就直接讲出来吧!"岛田会长一脸焦躁地催促,我们也听得很不耐烦。

远藤干咳了一声。"我是说,如果报警,肯定会闹得沸沸扬扬,对吧?"

"那当然,毕竟是命案嘛。"

"报纸应该也会报道,说不定还会上电视新闻。"

"应该是,有什么问题吗?"

"到那时社会大众会怎么看我们社区呢?恐怕会觉得是

个发生过凶杀案的地方,很可怕吧?换句话说,社区的形象会恶化。"

周围有人恍然轻呼,我也明白了远藤的言下之意。

"老公,那样一来,"身边的老婆说,"我们的房价又要跌了!"

我嘘了一声,示意她赶快闭嘴,她也慌忙伸手捂住嘴巴。大家的视线都集中在她身上,但没有一人露出觉得她说话不着边际的表情,反而因为发现有人和自己持相同观点,人群中弥漫着一股安心的氛围。

"她说得没错。"远藤看了我老婆一眼,又望向岛田会长,"我就是担心这件事。"

"嗯……"岛田会长交抱起双臂,"是有这层担忧啊……"

"不要啊,我可不想让房价再跌了!"对门的山下太太悲痛地喊道,"眼下就已经缩水了一千万,东边那栋在售的房子面积比我家还大,可是前阵子看售房广告,比我们买的时候还要便宜两百万!"

"那栋房子啊,听说实际有人来看房的时候,还可以再优惠一百万。"后边有人继续说道。

"什么?怎么会这样!"山下太太当即呜咽起来。她丈夫神情尴尬地递上手帕,"别哭啦。"

每个人表露感情的方式不同,不见得都这么直接,但在场所有人应该都和山下太太心有戚戚焉。我们都是怀着同样的梦想在这远离东京市中心的地方安家,也同样每天眼睁睁看着梦想破灭。

"岛田会长,你看该怎么办?"远藤再度开口,"如果房价再跌下去,将会给大家的未来带来严重的不利影响,这一点你应该也很清楚。你也不希望自家的房子进一步贬值吧?"

被远藤一语道破心事,岛田会长略显不快。但仔细想想,说不定最不满现状的人就是他。他担任町内会会长,就是因为最早在这一社区买下住宅。而他不惜每天花三小时上下班,第一个出手买下这种地段的房子,自然不是出于"风景优美""让孩子生活在有院子的环境里"或"远离都市喧嚣"之类的理由,而是计划着"很快房子就会升值,到时转手卖出,再到交通便利的地方买栋独门独院的房子"。

"可总不能不报警吧?"岛田愁容满面地回答,"尸体也不能这么搁着不管。"

没有人答得上话,众人都沉默不语。

"死在哪儿不好,干吗偏偏死在这里!"隔了片刻,远藤太太盯着尸体恨恨地说。

"这话你该对凶手讲,跟死鬼抱怨有什么用。"山下悻悻说道。

"真是的,干吗非得在我们这儿杀人啊!"

"明明地方多的是……"

"麻烦死了!"

大家异口同声地发泄不满。

"干脆随便埋了拉倒。"

甚至有人提出这种荒唐的主意。

"埋了他?那可不大好,万一被人挖出来……"

这些讨论已听不出是开玩笑还是当真了。

我也忘形起来,想都不想便脱口提议道:"倒不如扔到黑丘镇算了,嘿嘿嘿。"

"啊?"

一直抱怨不休的众人表情顿时僵住,齐齐朝我看来。

"你刚才说什么?"岛田会长问道。

"没什么,呃,我是开玩笑的,哈哈哈!玩笑玩笑,千万别当真。"我赶紧堆出笑容,不停地摇手。

"嗯,"远藤一脸认真地点头赞同,"原来还有这一手,我怎么没想到。扔到黑丘镇……嗯,好主意。"

"喂,远藤,我是在开玩笑。"

"不,这的确是条妙计。"岛田会长说,"这样处理不费多大力气,就算警察闹得沸反盈天,我们社区的形象也不会受损。"

"而且这么一来,"我老婆补充道,"形象受损的就是黑丘镇了。"

有几位邻居好像早已产生同样的念头,闻言微微点头。黑丘镇离这里几公里远,据说因为有兴建铁路的计划,房价看涨。我们社区的住户听到风声,都是一肚子不满,当初黑丘镇的房价比我们这儿还低。

"我有个家住黑丘镇的同事,"山下闷闷地开了口,"他这一阵子格外兴高采烈,有事没事就找我搭讪,想打听我当初是花多少钱买的房子。前几天他还故意打开售房传单,念叨说黑丘的房价虽没有飙升,总比贬值强,这话分明就是讲给我听。"

此言一出,各位主妇个个横眉怒目,男士们则都气得直发抖。

"既然他们不仁,就别怪我们不义。岛田会长,请你定夺!"远藤用古装剧的口吻催促道。

岛田会长沉吟片刻,抬起头来。"好吧,那就民主表决,少数服从多数。赞成把尸体抛到黑丘的人请举手。"

我们社区共有十户人家,所有业主和太太都毫不犹豫地举手赞成。

当晚,我、岛田会长、远藤、山下四人把尸体抬进汽车的后备厢，驱车出发。远藤和山下是抓阄选上的，可硬拉上我真是毫无道理。按他们的说法，是因为最初提议抛尸黑丘的人就是我，我反复解释那只是开玩笑，但他们就是不听。

"我还不是一样，只因为是町内会会长就得担起这个任务，真没道理。"岛田会长边说边转动旧款皇冠车的方向盘，"而且还要拿车派这种用场，想起来就恶心，以后后备厢再也不能用了。"

"算了算了，这也是为了我们社区嘛。"山下安抚道。

皇冠车载着我们四人和一具尸体，在只比田间小道稍胜一筹的路上颠簸行进。放眼望去，四周全是刚插完秧的农田。

"这一带原本说要盖小学，不知后来怎样了？"远藤忽然感叹了一句。

"可不。还有铁路，本来应该经过我们社区旁边的。"山下说，"那样车站前也会兴建商业街了。"

"原先还听说，政府的办事处也会很快建成。"岛田会长叹了口气，"到头来，开发商吹的牛皮哪里能信！"

"按照房地产公司的解释，当初只是说建立办事处的计划正在研究，并没有打包票。但我们做业主的难免有上当受骗的感觉。"远藤说。

"我跟朋友讨论过,"我也加入话题,"他说如果是确定会开发的地段,不可能这么便宜就买到独栋住宅。"

"这话说得——"岛田会长手握方向盘,靠向椅背,似乎是想说"未免也太直白了"。

"说到底,都是因为首都圈①的房价太离谱了。"可能是想避开烦恼的话题,山下转而指出问题的根源,"普通人奋斗一辈子也买不起一栋小小的独栋住宅,这种情况绝对不正常。最近说是房价跌了一些,但原来的价格太高了,就算降了一点点也还是买不起啊。"

"另一方面,也有人靠着父母留下来的土地成了暴发户。"远藤不屑地说,"对这种人就该狠狠征收继承税,交不起就没收土地!"

"没错,最后所有土地都归国家所有,再由国家出租给老百姓。这样,贫富差距也会缩小。"岛田会长强调。

"土地是公共所有,靠炒地皮来赚钱的想法本身就不应该。"山下说。

"就是就是!"

"说得太对了!"

其实我们也是为了投资才买下现在的房子,此刻却都

---

①指以东京都为中心,包括神奈川县、埼玉县、千叶县、茨城县、群马县、山梨县和栃木县的一都七县。

假装忘记了这回事，批判得慷慨激昂。

"哦，看得到黑丘了。"岛田会长踩下刹车。

一望无际的田地中，有一片区域林立着数十栋同样格局的住宅。黑暗中看不分明，但每一栋的面积都和我们社区的差不多。

"哇，这地方真偏僻，周围什么都没有。"山下的声音里透着幸灾乐祸，"看样子也没有公交车站，去最近的电车站开车也得十分钟吧？"

"不，十分钟应该到不了，估计要花上十五分钟。"岛田会长说得把握十足。

我们放慢车速，缓缓驶入黑丘镇。时值深夜，这里本就住户寥寥，路上半个人影也没有，灯几乎都熄了。

"尽量找个显眼的地方扔掉，"远藤说，"这样才能早点被发现。"

商量的结果，我们决定把尸体抛到最大的一栋房子门前。这户人家的停车场里居然停着奔驰，愈发惹得我们大起反感。

我们从岛田会长皇冠车的后备厢里拖出用毛毯包裹的尸体，扔到路边。不可思议的是，这时我对尸体的恐惧已消失了大半。

"好了，快撤！"

会长一声令下,我们陆续回到车上。

次日早晨——其实也就五点半光景,我把顺利抛尸的事告诉了老婆,她回我一声:"辛苦了。"这句话我已许久没听过了。

"这下黑丘镇的形象就要一落千丈了!"平常这个时候老婆总是睡眼惺忪,今天却难掩兴奋之情。

但等她看到早报里夹带的传单,脸色迅速晴转多云。

"老公,房价又跌了!"她拿给我看的,不用说正是我们社区的售房广告。"你看,就是昨天提到的东边的房子,比两周前又跌了两百万!"

"还真是。"我啃着吐司,瞟了一眼。

"啊,烦死了,就不能想想办法吗?像高级公寓什么的,如果后来房价下调,之前购买的业主不是可以要求返还差价吗?"

"嗯,但肯定有一番扯皮,因为虽然降了价,也还一栋都没卖出去呢。"

"什么?我们社区就这么无人问津?"

"……我去上班了。"趁她还没大发雷霆,我赶紧溜走。

三小时后,我抵达了位于虎之门的某办公用品制造公司总部。说来也怪,自从开始远距离上班,我反而一次也没迟到过。

落座后,我正想起身去自动售货机上买罐咖啡,无意中听到隔壁科的同事在闲聊。

"今天科长好像请假了。"

"咦,真难得,感冒了?"

"听说是车出了问题。"

"就为了这事请假?"

"你不知道,对科长来说,车坏了是很要命的。他住在一个叫'黑丘镇'的地方,没有车连电车站都去不了。"

"哇,那也太辛苦了吧。"

我窃笑着离开座位。没想到隔壁的科长就住在黑丘,所谓车出了故障云云,肯定只是个幌子,十有八九是因发现了尸体乱成一团,所以没来上班。我不禁开始期待晚上的新闻。

然而,这天晚上全然不见黑丘镇发现尸体的报道。

"怪了,到底怎么回事?"躺在床上,我对着老婆买的液晶电视不停换台,一边歪头思索,"明明是一起命案,不可能不报道啊!"

"说不定警方公布消息比较晚,明天的早报就会登出来了。"

"有可能。"

我关掉电视。明天是星期六,不用上班,但我早睡已成习惯,没多久困意便袭来。

一阵激烈的摇晃把我惊醒。睁开眼,老婆的脸孔近在咫尺,神色大变。

"糟了!糟了!老公,大事不妙!"

"怎么了?"

"尸体……尸体……那具尸体又出现在门外!"

"什么?"我立刻跳下床。

走出玄关,门前和前天一样围了一圈人,岛田会长、远藤等人也在。

"早。"看到我出来,远藤向我问了声好,其他人也纷纷打招呼。一一回应后,我开口问道:"听说又冒出尸体了?"

"是啊,你看这边。"

顺着眉头紧蹙的远藤手指的方向望过去,我禁不住一声惊呼,吓得直往后退。一具尸体横卧在地,皮肤已变成土灰色,脸也走了形,令人印象深刻的啤酒肚也有点缩水,但从衣着来看,无疑就是我们前天夜里扔在黑丘镇的尸体。

"怎么又回来了?"

"我们正在讨论这个问题。"岛田会长抚了下日渐稀薄的头发,"恐怕是黑丘的居民运过来的。"

"黑丘镇的……"

"他们也是同样的想法,担心发现尸体会连累社区形象,所以就扔到我们这里。"山下解释道。

"太卑鄙了!"山下太太怒不可遏地说。

"说起来,总归是我们先使的这一招啊。"岛田会长面露苦笑。

"不见得,这可难说得很。"远藤说,"又没有证据证明这个人是死在我们这儿,说不定打一开始就是他们扔过来的。"

"对对对!"

"就是这样!"

"黑丘的人肯定做得出这种事!"

事实上我们也干了同样的勾当,没资格指责别人,但大家都对这一逻辑矛盾视而不见,交口痛骂黑丘的居民。

"那,我们该怎么办?"我问岛田会长。

"还能怎么办?眼下这种状况,总不能报警吧?"

"那就再扔到黑丘镇。"人群后方有人建议。

"这主意好!"

"跟他们杠上了!"

没人反对。

"那么先把尸体藏起来吧,入夜后才能行动。"岛田会长向众人提议。

"就这么办!"

"这次也藏到那栋房子里好了。"

"那栋房子"指的是社区的样板房,门上了锁,库房却开着,前天尸体也是在那里藏到晚上。

有人拿来梯子,我们把尸体搬到梯子上,当成担架抬起来。山下在前,岛田会长断后,其他人簇拥在四周,络绎前进。

"好像有点臭。"远藤抽着鼻子说。

"哎呀,难道开始腐烂了?"我老婆说完,大胆地凑到尸体脸旁闻了闻,"果然,最近天气太闷热了。"她皱起眉头,伸手在鼻子前扇风。

"说起来,昨天我家的生鲜食品也坏了。"远藤太太说,"也就刚从冰箱里拿出来一会儿。"

"你们家也是?我家也一样。"山下太太接着说道。

"这天气说热就热。"

"厨房垃圾也很快就臭了。"

"真头疼。"

尸体就在眼前,主妇们还能满不在乎地拉家常,神经之粗委实令我咂舌。我虽已习惯了不少,仍竭尽全力才压住呕吐的冲动。

把尸体放到库房后，岛田会长关上门。

"那么，还是晚上见了。"

"辛苦了。"

"辛苦了。"

气氛仿佛刚清扫完社区的下水道，我们互相道乏后四散而去。

"打扰一下。"正要迈进家门时，身后有人叫住了我。回头一看，大门旁站着一高一矮两名男子。

"有什么事吗？"我转身面向他们。

"我们是警察。"小个子亮出证件，"可以请您配合调查吗？不会耽误您多少时间。"

听到"警察"二字，正要各自回家的邻居们纷纷围拢过来。两名警察见状显得有些困惑。

"请问发生了什么事？"我问。

"呃……照片里的这个人，不知您有没有在这一带见过？"

小个子警察取出一张照片，拍的正是那个死者。但我只字不提，只回了声"我没见过"，随即把照片递给老婆。老婆也很冷淡地说："不认识。"

"我看看。"岛田会长接过照片，煞有介事地皱起眉头，"唔，附近没见过这个人。"

其他人也传看了照片，每个人都斩钉截铁地说不认得。

"这个人出什么事了吗？"我问小个子警察。

"他是某起重大案件的关键角色，"警察收起照片说道，"有迹象显示有人要杀他灭口，几天前他就下落不明了。"

"哟，那可很不妙啊！"远藤装得大惊失色似的，"但两位为什么会来我们社区呢？"

"我们在北边几公里处发现了他的汽车，一路查找线索，最后就找到了这里。"

"车啊……但照这么说，"岛田会长说，"黑丘镇不是距离更近吗？你们去那边调查过没有？"

"去过了。"小个子警察点点头说道。

"那边也反映没见过这个人？"

"不，有人作证说见过他。"

"哦？"岛田会长瞪大眼睛，"这么说来，是在那里遭了什么不测？"

"不是，"警察舔了舔嘴唇，继续说道，"根据证人的描述，后来照片上这个人来了你们这里。据说他曾向人打听，到白金台①社区应该怎么走。"

"咦……"

"那是什么时候的事？"我问。

---

①日语的"白金"和"尸"发音相似，小说的篇名由此而来。

"前天白天。"

"前天？"

不可能。前天一大早，他已成了一具死尸！

"请问……"警察搔搔头，扫视众人一眼，"贵社区的住户……"

"都在这里了。"岛田会长说。

"哦。如果想到什么线索，请跟我们联系。"

把写有联系方式的便条递给岛田会长后，两名警察乘车离开了。

"黑丘那些混账，还真敢胡说八道！"等到警察的车看不见了，远藤忍不住说道。

"刚才真险！要是尸体还没藏好警察就找上门来，那就神仙也没法子了。"

山下言毕，我们都点头称是。

"事已至此，无论如何都要把尸体处理掉。趁警察还没展开全面调查，赶紧扔到黑丘，绝对不能认输。"

岛田会长下了结论，我们轰雷般齐声答应。

凌晨两点，我们在皇冠车前集合。参与行动的仍是前天那拨人。有人提议更换人手，但考虑到去过一趟的熟门熟路，还是维持不变。作为补偿，免除我们今后一年的社区服务。

岛田会长推开库房门,用手电筒向里探照。恶臭扑鼻而来,中人欲呕,看来尸体腐烂得愈发厉害了。黑暗中看不太清楚,但尸体的皮肤表面似乎有液体渗出,把衣服和库房的地面沾湿了一片。

"来,动手搬吧。"

岛田会长说完,我们点点头,将尸体从库房拖出。原本很肥硕的尸体,面部肌肉已松垮下垂,头盖骨的轮廓清楚浮现,塌陷的眼皮间隐约看得到混浊的眼球,嘴唇向上收缩,露出黄色的牙齿,一颗白齿上镶了金色牙套。

"拿这个把他包上。"岛田会长在院子里铺上塑料薄膜。

正要将尸体移上去,山下忽然绊了一跤。

"啊!"

失去平衡的他本能地伸手一撑,正好撑到尸体肚子上。那啤酒肚比今早看到时膨胀了不少,冷不防被山下一压,登时如瘪了的沙滩球般萎缩下去。

与此同时,气体从尸体口中喷出,想必体内已充满腐烂产生的气体。我们当时正蹲在尸体旁预备搬运,这一下迎面饱受了恶臭的洗礼。

"啊!"

"呕!"

伴随着不知该说是惨叫还是发病的声音,所有人都吐了。之后好一阵子,只听到呼哧呼哧的喘气声。

"对、对不起,对不起。"山下道歉。

"没什么,你也不是故意的,总比到了车上才漏出气体强。"岛田会长说。

"可真够臭的。"

"才免一年的社区服务,不合算啊,哈哈哈。"

重新打起精神后,我们把尸体抬进汽车后备厢,和前天一样驱车前往黑丘镇。今晚每个人都少言寡语。

到了黑丘,我们急忙停下车,打开后备厢。抛尸的地点也是老地方。

在后备厢里揭开塑料薄膜,接着就要将尸体拖出来。虽感到恶心,我还是抓住了尸体的手腕。不料尸体腐烂的速度比想象中更快,刚觉得滑溜溜的,抓住的手腕便已完全脱离衣袖,腐烂的筋肉从手腕前端耷拉下来。

"呜……"我惊呼一声,胃里顿时翻江倒海,不得不咬紧牙关拼命忍耐。

"这样不行,连塑料薄膜一起拖出来吧。"

依照岛田会长的提议,我们先将尸体连薄膜一起扔到路边,再抽出薄膜。尸体顺势滚落在地,除了手腕,其他"零件"好像也都和身体分了家,我们只能尽量避开视线。收拾了薄膜、确认所有人都上了车，岛田会长立刻猛踩油门，恨不得把车底踩穿。

第二天是星期天，依然一早就很闷热。我昏昏沉沉地出来取报纸，刚好和对门的山下打了个照面。我们俩不约而同地苦笑。

"昨晚睡着了吗？"他问。

"没有。"我摇摇头。他看上去一点也不觉得意外。

昨晚回家后，我冲了个澡便倒在床上，然而尸体的恶臭和触感始终在脑海中挥之不去，以致一夜毫无睡意，不断在床上辗转反侧。到现在我鼻端还隐约萦绕着那股恶臭。

"看样子今天也很热。"山下望着天空说，"恐怕会更……"

后面的话他含糊其词，但我完全明白他想说什么。他是指尸体腐烂的事。

"好在已经跟我们不相干了。"我说。山下浅浅一笑，显然是表示"但愿如此"。

这天晚上依然没有黑丘镇发现尸体的新闻。我莫名地有种不祥的预感，和昨晚一样辗转难眠。身旁的老婆倒是鼾声大作。

我起床想喝点威士忌，忽然听到家门前响起停车的声音，依稀还有人声。车很快就开走了，我还是很在意，穿着睡衣来到门外一看,差点当场腿软。

昨晚才丢弃的尸体现在竟然又躺在门前,不仅已腐烂得乱七八糟,而且似乎遭到相当粗暴的对待,两条胳膊破破烂烂,被我拽断的手腕也胡乱抛在一旁。

"不好了!不好了!不好了!"我一边大叫,一边奔走去敲邻居的门。岛田会长、远藤、山下都立刻出现,想必都和我一样睡不着吧。

得知缘由,众人无不光火。

"肯定是黑丘那些人捣的鬼,他们也太死缠烂打了!"

"绝对不能轻饶!"

我们一致决定,现在就把尸体送回去。这次依然是由我、岛田会长等人前往。

原想像昨晚那样三两下就搬上了车,但不是扯断手腕,就是将脖子弄得东倒西歪,费了好大的功夫。起初我还强忍着恶心,但汗流浃背地折腾了一阵,愈来愈意识不到我们搬弄的是人类尸体,开始觉得怎样都无所谓了。

加上远藤、山下,我们依旧一行四人驱车前往黑丘。到达后却发现,明明是深夜时分,路上却三三两两地站着人,其中一个中年男人看到我们,慌忙拿出一样东西——是对讲机。

"不妙,他们派了人望风!"岛田会长恨恨说道,随即立刻转动方向盘掉头，想找个没人盯守的地方。最终我们开进一处正在施工的空地，这里空无人影。

"赶快把尸体扔掉，快！快！"

不消他催促，我们早已迅速把尸体从后备厢拖出。尸体的脚腕和耳朵脱落了，但我们已无暇顾及。

扔完尸体，我们马上跳回车上，逃离现场，途中却被一个望风的人发现了。尸体被找到显然只是时间问题。

回到社区后，我们立刻召集邻里，决定也派人站岗放哨，所有道路的拐角处最少要站一个人。人手不足，连我家绘理也得上阵。

刚布置完没几分钟，远处便传来汽车引擎声。我摆出架势严阵以待。如果他们要来抛尸，我说什么也要阻止！

从社区尽头那栋房子的拐角开来一辆四轮驱动的卡车，车斗上站着几个男人。

卡车毫无停下的意思，气势汹汹地从我们面前驶过。就在交错的一瞬间，有物体从车斗抛出。刺耳的啪嗒啪嗒声响起，落到地面的正是那具尸体。遭到落地的冲击后，尸体愈发七零八落，眼球也掉了出来。

"喂，停车！"

等我怒吼时已经晚了，那些人早已扬长而去。

我们立刻聚到一起商量。

"竟然当着我们的面抛尸,简直欺人太甚!"岛田会长大为震怒,"既然他们做得这么绝,我们也要来点狠的,把尸、尸体撒遍整个黑丘镇!"

我们没有卡车,无奈之下,只得用了一辆敞篷汽车。车主是刚搬来的一对新婚夫妻,年轻的太太哭着抗议,但我们都劝她,这是为了保护我们的社区。

把已不成人形的尸体搬到敞篷汽车后座,我们直奔黑丘镇而去。

不出所料,黑丘的住户早已做好准备。住宅区的入口停了一整排汽车,企图阻止我们闯入。

"怎么办?"我问岛田会长。

"当然是强行突破!"

岛田会长驾车钻进那排汽车间的狭窄空隙,成功闯进了黑丘镇。但对方的防御可没这么简单,我们刚一进去,埋伏在路边的主妇、小孩便纷纷现身,齐心协力朝我们大扔石头。我们自然也誓死不退,用尽全力把尸体扔到车外,胳膊、手腕、手指、脚、耳朵和眼珠一股脑全飞了出去。尸体的头皮犹如假发般滑溜剥落,正罩在一个主妇的脸上,她当场昏倒。

"好了,快逃!"岛田会长猛打方向盘,敞篷汽车一百八十度急转弯,轮胎发出刺耳的怪叫。

刚回去不多久,又有引擎声由远而近,而且来的似乎不止一台。我们正在思考防御手段,一看到如长蛇般逼近的一列车头灯,不由得哑口无言。黑丘那帮家伙这次出动了摩托车队。

摩托车的种类五花八门,从750cc的大排量摩托车到购物用的轻便摩托车都有,骑手们每人拿着部分尸块,在我们白金社区的路上纵横驰骋,把尸块撒得遍地都是。有一家的晾衣杆上同时挂着长筒袜和人腿,还有一家的信箱里飞进一片舌头。

至此我们的愤怒达到了极限。

"开战吧!"

"打倒那帮混账!"

我们有车的开车,有摩托车的骑摩托车,有自行车的骑自行车,什么都没有的就徒步出发,浩浩荡荡杀向黑丘镇。不用说,每个人手中都拿着那个胖男人的尸块。

但黑丘的居民也不是好惹的,我们一进攻,他们马上组织更强大的队伍回击,于是我们也奋起迎战。这场战争持续了好几天,直到尸体化为白骨仍未止歇。

电视台的女记者语气欢快地说道:

"各位观众朋友,我现在就站在白黑球场。这里正在举行一年一度的白金镇对黑丘镇足球大赛,但和一般的足球或橄榄球比赛不同,比赛规则非常简单,只要把球放到对手阵地就算赢。最特别的是,比赛没有人数限制,因此双方的居民几乎全部参赛。这项足球大赛源于过去两镇之间互相抢球的庆典活动,堪称有着悠久历史传承的赛事。据记者了解,这项传统活动已持续数十年,促进了两镇居民的友好关系,是一项很有意义的赛事。还有个有趣的地方是,这项比赛中使用的球称为'窟娄'。为什么这样称呼,缘由似乎已不太清楚。听到'窟娄',我不禁联想到'骷髅',但二者应该没什么关系吧。以上是记者从现场发回的报道。"

献给某位老爷爷的线香

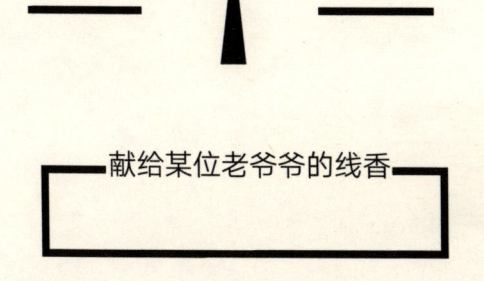

<u>三月一日</u>

新岛大夫忽然叫俺写日记。大夫平常很照 gu 俺，实在不好拒绝，就答应了。可是，为什么非要俺日记呢？俺这种老头子，能写出什么东西？他还送俺一个老 hou 的日记本，俺都不晓得有没有命把它写完哩。不过大夫那么照 gu 俺，总不好拒绝，就收下了。写日记俺还是头一遭，根本不晓得怎么写，头 teng 死了。俺去跟大夫倒苦水，他回答，写什么都行，把当天发生的事全写下来。俺说俺的脑袋哪记得了那么多，大夫说，记得什么写什么好了。俺就开始写啦。可是今天发生了什么事，俺一点也想不起来，好像啥事也没有。唯一还记得的，就是上医院时新岛大夫叫俺

写日记。这事儿俺已经写了，今天就先写到这里吧。好久没拿过铅笔，手都写得生 teng。上一次这样正儿八经地写字，还是在工厂写组长日志的时候了。想到打明儿起每天都得写日记，俺就直发 chou。汉字俺已经忘得七七八八了，真要命，以前俺还会写不少汉字呀。不过大夫那么照 gu 俺，总不好拒绝啦。

三月六日

好一阵子没写日记了。前些日子俺问了大夫，他说不用天天写，想写时再写就行，俺就一直拖到现在。俺这人 lan 散得很，今后还是要坚持天天写比较好。虽然大夫很体谅俺，一句也没责怪，但俺要是老 tou lan，肯定会给他添麻烦。

今天有挺多事情可写。先是一早起来 xi 盖就痛得要死，最近每天都这样，真是受 gou 了。虽说套了两条秋裤，也不知道有没有用，就是图个心安。现在拄着拐杖都走得越来越 fei 劲了。山田告诉俺，推辆婴儿车撑着走就会轻松得多，但俺实在不情愿那么做。

再有就是今天俺出去买东西，正要出门时，却发现找不到钱包，急得要死。俺四处乱找了一通，才发现原来就握在右手里。最近三天两头这样，看样子俺已经开始痴呆了,一点小事都想不起来,急得团团转,一天能闹上好几次。搞不好要不了多久,俺就会变得和冈本一样了。冈本老是忘记自己刚吃过饭,从早到晚吵着要吃东西。他儿媳妇逢人就抱怨,弄得左邻右舍没一个不晓得,俺可不想变成他那样。而且俺一个人过日子,真要痴呆了,根本没人来照gu俺。俺宁愿在变痴呆之前就死了算了,反正都这把年纪了,俺一点也不怕死,也没有什么牵挂,只想着在给别人添麻烦之前死去就好了。

<u>三月十日</u>

今天俺去书店买了字典。俺寻思日记里还是得多写点汉字,老是用平假名,看起来就像小孩子写的日记。[①]于是俺跑了一趟书店,但又拿不准该买什么样的字典。店员小姐过来问俺要买什么书,俺如此这般解释了一番,她马上说:"这本字典不错。"向俺推荐一本红色封皮的字典。她说这本字典字很大,看起来方便。俺打开一看,字果然很显眼,戴上老花镜差不多就看得清楚了。俺向她道了谢,买了回来。现在俺就是边查这本字典边写日记。一个字一个字地查字

---

①日语中不常用的汉字多以平假名书写,儿童先学平假名,再逐步学习常用汉字,因此多用平假名写日记。前文中主角将常用汉字也写成平假名,译文中以拼音对应。

典很费时间,眼睛也酸了,今天就写到这里吧。

三月十一日

今天又跑了一tang书店,因为昨天店员小姐说,有什么问题可以去店里问她。俺现在写日记都是一个字一个字地查到汉字再写,感觉很累,想跟她讨教看看有什么好法子。结果她说,不用把所有的词都写成汉字,觉得适合用汉字表示,那就写成汉字,不然就写成平假名也无所wei。如果汉字用得太多,反而不容易认。[1] 所以俺今天就少写些汉字,可心里到底还是没pu,也许习惯了就容易上手了。写日记真难啊。

话说回来,那小姑娘人可真好,性格也温柔,俺老伴扶美也是个温柔的女人,两个人倒长得很像。俺问她名字,她说叫井上千春。果然人如其名,声音也很好听。俺要是有个儿子,一定要把她娶回来当儿媳妇。不对,俺儿子大她太多了,应该是孙子年纪刚好。

好久没想起扶美了,俺总觉得很对不起她。因为俺身体有问题,一直生不出小孩,俺家人却都责怪扶美。其实根本不是她的错,但她都默默忍耐下来。等俺也去了另一

---

[1] 日语中汉字和平假名的使用很大程度上已约定俗成,如果将习惯用汉字的词用平假名表示,会给阅读带来不便,反之亦然。

个世界，一定要好好跟她赔罪。

三月十三日

傍晚新岛大夫打来电话，要俺务必去一tang医院。俺心想，恐怕是上次的检查结果发现问题了。虽然很担心，可担心也没用，已经活到这把岁数，也该知足了。话虽如此，去医院的路上俺还是忍不住胡思乱想，琢mo什么地方出了问题。

新岛大夫仔细问了一通俺最近的身体状况。俺跟他说："别兜圈子了，爽快告诉俺得了什么病吧，俺只想早点知道，早点解脱。"大夫似乎听得莫名其妙，然后对俺说："你误会了，今天找你来，是想请你帮个忙。"俺觉得很纳闷，像大夫这么了不起的人，会有什么事需要俺帮忙呢？

原来大夫想拜托俺协助他做实验。俺问是什么实验，他回答是返老还童的实验，人类返老还童很可能将成为现实。俺听后吓了一跳，问他难道这种事也能办到？大夫说理论上是可以实现的，现在已经做过很多次动物实验，确实有老鼠变年轻了，只不过还不能永久维持年轻的状态，过一段时间又会恢复原样。听到这里俺还是不相信，就算医学再怎么发达，返老还童也太不可思议了。如果真能实现，早就轰动全世界了。大夫告诉俺："这项研究目前还处在秘密阶段，尚未向学术界公布,请你也不要透 lu 出去。"俺说:"俺不是爱 jiao 舌头的人,决不会到处宣扬。"

俺问大夫为什么找上俺,他说因为俺刚好符合条件。这是个秘密实验,所以实验对象最好很少和外界打交道又没有亲人,而且身体健康的当然比有病的更理想。从这些条件来看,似乎就数俺最符合了。

俺表示要回家好好考虑考虑,离开了医院。回到家想来想去,总觉得无法相信,就像在做梦一样。要是真能返老还童,该有多开心啊。虽然大夫说也许只能维持很短的时光,那也已经很棒了。

还有很多很多话想写,但太多念头在脑子里打转,不知道说什么好,就写到这里算了。差不多该上床睡觉了,不过俺很可能会兴奋得睡不着。

<u>三月十五日</u>

俺告诉新岛大夫,俺愿意协助他做实验。大夫非常高兴,问俺二十一日做手术行不行,俺说随便哪天都可以。大夫说做过手术后,会有一段时间不能和任何人见面,所以如果有想见的人,不妨趁现在去见一面。俺说俺没什么想见的人,大夫说不会的,好好想一想,有想见的人就去见见。俺回家后就开始想,还是想不出要见的人。邻居俺都不认识,

亲戚也好久没往来了。以前倒还有几个朋友，但都比俺先走一步，现在能陪俺聊聊天的，就只有新岛大夫了。俺常常听说，有的独居老人死了好多天后才被发现，俺以后肯定也是这种下场吧。平常又没人上门，哪天俺死了，说不定要过上两个月才被人发现。发现的人八成是房东那小子，最近都是他来收房租。要是看到俺死了，他一定高兴还来不及，因为他平常就老叫俺赶快走人。

写到这里，忽然想起了井上千春。见不到她，心里空落落的，明天去书店看看她吧。她对俺这么亲切，俺很想买点礼物送给她，可又没有钱，也不晓得女孩子喜欢什么。

<u>三月十六日</u>

今天去见了井上千春。在车站前看到有卖大福饼的，就买了送给她。她很高兴，俺也很开心。

俺告诉她，以后会有一段时间来不了了。她问为什么，俺说俺要住院。她问是生了什么病，俺说，没有生病，只是有点不舒服。她一脸担忧地叫俺多保重身体。这姑娘心地真好。

离开书店，在街上胡乱逛了逛。才几天没来，又多了好些眼生的店铺，有的店俺都搞不dong是在卖什么。所有的店里都是年轻人扎堆，没有一家适合老年人。

晚上打开电视，没有俺平常看的武侠片，在放足球比赛。最近老这样，不管怎么转台，放的全是些莫名其妙的节目，无聊死了。

<u>三月二十日</u>

明天就要做手术了，从今天起开始住院。手术是怎样做法，俺完全不晓得，心里有点害怕。俺还是不相信返老还童真的能实现。新岛大夫解释了一大堆，可俺脑子不灵光，听得半 dong 不 dong。俺跟大夫说，一切就交给他了。

大夫给俺介绍了护士花田广江，说今后就由她专门负责照 gu 俺。花田护士四十五六岁年纪，看起来很和善，她说有事尽管找她。俺说，不知道要住几天院，带的换洗衣服只怕不够。花田护士回说，反正再过一阵子，你现在的衣服应该就没法穿了。俺问是不是衣服会变得不合身？她说那也有可能，不过最主要的是看起来会不搭调。俺不dong 她这话是什么意思。

新岛大夫问俺有没有坚持写日记，俺说有，虽然不是天天写。他说以后也要坚持下去。看到俺用的字典，他夸奖说这本字典不错，看起来很好用，俺听了心里一乐。到了晚上，大夫又带给俺一个大大的镜片，不用像放大镜那样举起来，只消放在字典上，字就大了许多。这可帮了俺大忙。

医院晚上九点熄灯，俺可以十点再熄。不过大夫说，电视还是只能看到九点。反正也没有想看的节目，无所 wei。

三月二十四日

三天前做完了手术。到底怎么做的，俺是一头 wu 水，醒过来时，已经全身裹满 beng 带躺在床上。俺以为整个身体都被切开了，可大夫说没有，只切开了脊柱和脑袋。做完手术后一连两天俺都动弹不得。也不是什么地方 teng，就是身体 lan lan 的没力气。今天总算能活动一下了，俺就写了这篇日记。新岛大夫问俺感觉怎样，俺回答说还行。很累，就写到这里了。

三月二十五日

身体好过多了。俺找花田护士要来镜子一照，发觉一点也没见年轻。俺问是不是失败了？花田护士说，实验才刚开始呢。俺问她是不是还要做手术，她说不是。俺不太懂她的意思。

三月二十六日

新岛大夫今天过来，拿一架类似相机的东西给俺看，说想装在墙上。原来那不是相机，而是能把拍下的影像转到电视屏幕上的摄像机。他说要用这个来拍俺，遇到不想被拍的时候，跟花田护士说一声就行。俺有种被监视的感觉，心里不太舒服，但看到大夫拼命拜托俺，实在不好拒绝，就答应了。真累，今天就写到这里。

四月二日

最近一个星期身体乏得要命，整天埋头大睡，日记也开了天窗。今天忽然觉得很有精神，俺就起床稍微走走。问了大夫，他说以后可能还会不时感到乏力，这个没有什么办法，最重要的是好好吃饭，充分摄取营养。俺不是因为他这样讲才努力吃饭，但今天的确吃得很香，觉得很久没吃过这么可口的饭菜了。

俺跟花田护士说这里的伙食真好，她却说没那回事，是俺的身体渴求营养。她常常往俺胳膊上打针，好像也是为了补充营养。

可能是好一阵子没有用眼，今晚视力状况不错。平常到了这个时候，眼睛已经酸涩得睁不开，今天却没事，字典里的字也看得比平常清楚。

又觉得饿了，但大夫交代过今天不能再吃了，胃会受不了。俺还是忍一忍去睡觉吧。

四月三日

今天一早起来就觉得很怪，但并不是哪里不舒服，怎么说呢，就是特别想活动活动。只要一静下来，身体就会发热。俺跟新岛大夫说了这些情况，他说会帮俺检查一下。当时他量了俺的脉搏和血压，让俺在意的是，他旁边还有两个陌生男人。过后俺向花田护士打听，她说那两人也是大夫，对新岛大夫的研究很感兴趣。如果这项实验成功，大夫就将名扬全世界。果真这样，俺帮大夫这个忙也算值得了。

刚才俺又发现，膝盖的麻木现象彻底消失了。俺不知道是因为天气转暖还是手术的效果，反正真是太好了。

从今天起俺可以洗澡了。医院的员工澡堂面积不大，但俺已很久没泡过澡，觉得舒心极了。可能是因为泡了澡，手脚都滑溜溜的。

四月七日

三天前花田护士带了很多书过来，说是给俺打发时间，历史书、政治书，五花八门什么都有。太难的书俺看不懂，就挑了唯一一本武侠小说来看。俺原本不大看小说，但这本很精彩，俺看得十分着迷，一天就一口气看完了。俺请花田护士再买点武侠小说，因为等不及，就又看起别的小说。

这回是本现代小说，讲的是男女主角邂逅相恋的故事。俺正看得无聊，却发现两人很快就干起那事，不禁吓了一跳。小说把情态描写得跟真的似的。真没想到现在这种色情小说也能出版。而花田护士会买这种书，也让俺很意外。跟着俺又想起井上千春，她也会卖这种书吗？虽说只是工作，但总不该让那么好的小姑娘卖这种书吧？

　　看着这本小说，俺的身体也有了不寻常的反应。俺不知道怎么讲比较好，拿小说里的话来说，就是俺的肉棒直挺挺地站起来了！上一次这样，已经不知是多久之前的事了。俺犹豫着要不要告诉新岛大夫，最后还是算了。话说回来，小说写得还真不赖。要是俺也有这份笔头功夫就好了。

　　昨天大夫带俺到了另外一个房间，那里有怎么踩都不会往前跑的自行车，还有用铁架组装成的器械。大夫要俺轮流练习，似乎是要测试俺的体力，同时也是锻炼身体。他很专注地看着俺的动作，不时记上几笔。听大夫说，以后每天都要做这些练习。

　　昨天刚锻炼完还没什么感觉，到了今天晚上，全身都酸痛得要命。俺告诉花田护士后，她替俺敷了毛巾。

<u>四月九日</u>

　　新岛大夫简直是天才！他讲的话没有半点水分，俺真

的变年轻了！今天俺清清楚楚地感觉到了，洗澡的时候镜子照出俺的身体，俺还以为那是别人，仔细打量，才确定就是年轻了十多岁的自己。原本光秃秃的头顶长出了短短的头发，肌肉也变结实了。

俺跟花田护士说了这些变化，她说他们早就发现了。她还说，现在的俺看起来和她差不多岁数。她应该只是在说恭维话吧。

晚上看电视，觉得声音很吵，俺便把音量调小。要是在以前，这样的音量俺肯定听不清。另外老花镜也几乎用不上了。

俺万分感谢新岛大夫！他真是活神仙！

四月十一日

病房窗外的樱花如今已凋零无余。吾看在眼里，不禁深感时光流逝之快。

花田护士对吾说，"俺"是老年人才会用的自称，以后最好改说"吾"。吾说这样怪难为情的，但她说，"俺"这种自称跟吾现在的样貌已经不搭调了。于是吾下定决心改口，结果舌头都快打结了。

花田护士还指出其他许多需要纠正的语气。其实吾也不是刻意那样说，但不自觉地就带上了老年人的口吻。

吾问花田护士，是不是日记里也应该用"吾"而不是"俺"，她说日记没有别人看，用什么都可以，但改过来更好。她又带给吾一本书，说是供吾写日记时参考。那是一本知名作家的散文集。吾本来想模仿书中的风格来写日记，但每当想用个难点儿的字眼，总是不知道该怎么写，看来得多读点书才行。

还有一件可喜的事。新岛大夫已经同意吾下周就可以自由外出，但条件是要由花田护士陪同。吾说，这不就像约会吗？花田护士听了显得很尴尬。被一个老头子开这种玩笑，想必高兴不起来吧。

不管怎么说，好久没上街了，吾满心期待。

四月十三日

今天是手术后的第一次外出。为避免遇到熟人惹出麻烦，吾戴了副浅色眼镜，镜片是没有度数的，吾的老花眼已经好得差不多了。

除了眼镜，花田护士还替吾准备了衣服。看到全是高级品，吾顿觉手足无措。就算年轻时吾也没穿过这么好的衣服，不由得有些畏缩。但花田护士说"不要紧，穿起来一定很合适"，吾这才鼓足勇气穿上。站在镜子前端详时，吾只觉得害羞得很，不好意思细细打量。后来新岛大夫也来了，说这身衣服合适极了，吾这才放了心。

说是逛街，吾也不知道去哪儿好，于是全由花田护士拿主意。她提议先去热闹的地方看看，吾们便搭上电车。车上人很多，吾们都没有座位。对面就是爱心专座，坐在那里的年轻人却没有给吾们让座。花田护士说，这是因为吾们看起来都不像老人家。事实上吾也不再像以前那样，稍微站一站就腰酸腿疼。返老还童真好啊。

吾们抵达的地方人流如织，还有一条街高档店铺云集，吾和花田护士便沿着那条街逛过去。西装革履的打扮让吾很不习惯，愈走愈不自在，对旁人看吾的目光在意得不得了。花田护士对吾说："没关系，只管昂首挺胸往前走，你看起来是个很有气派的绅士哦。"

吾们信步逛了服装店、画廊，所到之处无不富丽堂皇。吾到今天才知道，世上竟有这等繁华所在，而生活可以如此优裕，更是吾做梦都想象不到的。一直以来，吾什么都不懂，只知道工作、吃饭、睡觉，一年一年地老去，然后就是等死。光是有机会了解这样的世界，就不枉吾动手术返老还童一场。

逛珠宝店时，花田护士一直热衷浏览女表，店员遂不断向吾殷勤推荐。当时他推荐的是夫妻同款的表，好像叫什么对表。吾说吾们不是夫妻，店员顿时诚惶诚恐。花田护士什么也没说，只是笑。

晚上吾们在一家餐厅用餐。吾平生第一次光顾这么优雅的餐厅。花田护士点了餐，吾一边跟她学刀叉的用法，一边享用法国菜。心醉神迷之余，反而没怎么尝出味道。吾暗想，以后也要多多了解美食方面的知识。

回医院的路上，吾向花田护士道谢，感谢她让吾体验了宝贵的经历，过得非常开心。花田护士说，她也玩得很愉快。吾心想那就好，她为人真的很亲切。

四月十四日

今天一天都待在房间里和花田护士闲聊，吾还是第一次听她说起自己的事。她丈夫两年前病故，此后她一直独自生活，膝下也没有子女。吾说，那不是和吾差不多嘛，她微笑着点点头。

她今年四十三岁，但一点都看不出来。不，应该说是最近感觉她忽然变年轻了。说不定是吾自己越来越年轻，看她才会有这种感觉。总之，不知怎的，吾忽然觉得她很漂亮。

吾对她说，希望还会再约会，她也笑着说是啊。

吾说这话是出自真心，但她心里如何想，吾就不得而知了。

四月十六日

吾问新岛大夫以后的事，想知道吾会年轻到什么程度，又能维持多久的青春。

大夫说，目前还不是很清楚。

老化意味着细胞的死亡，但根据大夫的研究，并不是所有的细胞都彻底死亡，其中有相当一部分停留在假死状态。这次的实验就是通过特殊方法唤醒那些假死细胞，促使它们进行新的分裂。

所以返老还童并不会无限制地年轻下去，只会年轻到开始老化的那个时间点而已。但那已经够伟大了。人的身体从二十岁左右开始老化，因此吾应该会年轻到二十岁。这毕竟只是理论上的推测，无法保证。吾也很可能只年轻到现在的程度。

但没关系，能够获得目前的身体，吾已心满意足。

重要的是，这种状态能维持到什么时候？

大夫说，老鼠是在一个月到两个月后恢复原状，但不知这一规律是否适用于人类。吾问有没有可能永远维持现在的状态，他说当然有可能，那是最理想的结果。

吾做了牙齿检查，发现牙龈变厚了。吾以前就只有牙齿还算结实，看来现在愈来愈健康了。

四月十九日

最近开始琢磨写这份日记的意义。新岛大夫叫吾写这个,肯定是想记录吾精神上的变化。那么吾的日记岂不是迟早会被别人看到?想到这里,吾就不敢悉数记录了。

向新岛大夫说起这层顾虑时,他说并不打算看吾的日记,叫吾记日记,是为了让吾掌握这段宝贵时期的心路历程。要不然等到实验结束,那些大夫向吾提出种种问题的时候,吾却忘得一干二净,不就白做了?

为稳妥起见,吾追问新岛大夫:"您真的不会看吗?"大夫斩钉截铁地说:"绝对不会。"

吾很担心日记被别人看到,是因为有件事正在犹豫要不要写出来。既然大夫这么肯定地保证,吾决定相信他的话,照直写出来好了。

那是昨天的事。吾和花田护士又上了趟街,和上次一样闲逛,然后吃了顿饭。

但再往后就不一样了,吾开口邀她去宾馆。吾也觉得这样太直截了当,但吾完全不懂人情世故,就连这个办法,吾也是绞尽脑汁才想出来。

吾不知她会不会点头,心里全无把握,甚至觉得她可能会发火。她却小声说:"那最好先去定房间……"吾好半天才反应过来，她这是答应了。

宾馆里发生的事吾没法写出来，总之就像是做梦。几十年没做过这样的美梦了，不是吾夸张，吾真觉得马上死了都值。

但一切结束后，花田护士说："这是第一次，也是最后一次了。"吾问她为什么，是因为吾其实是个老头子吗？她摇摇头，说正好相反，你还会不断年轻下去，要不了多久，就会觉得我只是个黄脸婆了。吾说绝不会有这种事，不管身体怎么改变，对你的心意永远不会变。她只是静静地微笑，说："还是先别说得这么笃定吧。"

吾很烦恼，要怎样她才能相信吾的诚意呢？

四月二十一日

花田护士似乎在躲着吾，只在有事时才到病房来，而且每次都同新岛大夫一起，也不肯正视吾的眼睛。

大夫告诉吾，吾的身体年龄已经恢复到三十四五岁，又叫吾去趟美发店。吾的头发已经长得乌黑茂密，量了一下，有十几厘米。

四月二十四日

吾的身体年龄已恢复到二十多岁，健身训练的成果也凸显出来了,脱掉衣服,身上都是肌肉,胸肌尤其结实。

吾去了趟美发店剪发,理发师问吾想剪成什么样,吾说随便,他就帮吾把两边和后脑勺的头发打薄。对着镜子一照,吾的面容就和身体年龄一样,说是二十来岁也不奇怪。吾不由得回想当年二十来岁的时候,吾在做些什么。当时吾是个下等兵,每天吃不到像样的东西,在战场上满身泥水地四处奔逃。闻着火药的气味,听着长官的吼叫,连思考这场战争是对是错的工夫都没有,光是一天天熬日子就已经耗尽全部气力了。每次活着挨到晚上,先是松一口气,马上又担忧明天会不会死掉。这就是吾当时过的日子,吾二十来岁时的大好年华就是这样过来的。

现在吾又恢复了青春。吾可以重新来过了。

从美发店出来,吾心中一动,迈步走向家的方向。沿着商业街信步闲逛,吾心想,现在谁也看不出吾就是那个寒酸老头了吧。不知不觉吾已来到书店前,朝里一瞥,看到井上千春正在搬书,似乎没注意到吾。

吾赶忙离开书店,回到了医院。吾这个样子不能接近她。

花田护士正在病房里替吾换床单。看到吾的发型,她称赞很好看,但只说了这一句,就逃一般地要走。吾忙说:"等一下!"伸手抓住她的右手。

那一瞬间,吾心里掠过一丝无可形容的不快。吾不知她发觉了没有,她只是温柔地挣开吾的手,默默地走出病房。

刚才抓住她的手时,吾感到这是中年女人的手。之前吾还觉得她很年轻,今天却对她的皮肤有了不满。想起她先前对吾说过的话,难道就是预料到了会有这一天?吾觉得应该不可能有这种想法,却又无法否定,忍不住大生自己的气。

四月二十五日

吾是最差劲的男人。和花田护士相爱不过一个星期,吾就清楚地意识到对她的爱已迅速冷却。今天她和新岛大夫一起过来时,吾一直很在意她脸上的细纹和手上松弛的皮肤。印象中她应该更年轻一些啊!一股焦虑让吾胸口发闷。

不得不承认,吾对花田护士的感情已经淡漠,对另一个人的思念却愈来愈强烈。不用说,那个人就是井上千春。昨天只是瞟了一眼,她的影子就已刻在吾心里,再也忘不掉了。

吾想见她,想得迫不及待。吾想听到她的声音,想和她说话,想看到她的微笑。

站在镜前端详自己现在的模样,吾看起来到底像多少岁呢?二十六七岁?还是三十三四岁?不管怎样,她都应该认不出吾就是那个秃头老爷爷了。这样,吾就有可能以另一个人的身份接近她。

吾打算等再年轻一些就去见井上千春。这个想法让吾兴高采烈,没完没了地幻想该怎样接近她,对她说什么。

还是忘了花田护士吧。吾知道自己很卑劣,但这也无可奈何。

四月二十八日

现在的衣服太老气了,吾决定买几件新衣服。但吾不知时下的年轻人都在哪里买衣服、爱买什么式样,迷茫良久,最后还得找花田护士求助。她拿来一本刊载了很多年轻男性服饰的杂志(好像叫什么时尚杂志),问吾喜欢什么样的。吾说吾不懂,她就帮吾挑了几件适合的,打电话向杂志上的服装店直接订购。

吾向她道谢,说她是吾的恩人。她只是摇摇头,要吾不用把她放在心上。

然后她又建议吾,今后最好不再自称"吾",而是改用"我"。吾说吾从没用过这个词,她说,这个自称跟吾的外表比较配。

到了晚上,我边看电视剧边独自练习。乍一改口,总觉得怪别扭的,但要和井上千春聊天,非得先练顺溜了不可。

最近那话儿老是自己站起来。躺在被窝里的时候,也会不自觉地伸手握住。我问新岛大夫,可不可以一天只拍摄两个小时。想到二十四小时都在摄像机监视之下,我心里就很不踏实。

大夫回答会考虑的。

四月三十日

今天是个值得纪念的日子。我永远忘不了今天发生的事情。

我穿着新衣服上了街,目的地只有一个——千春所在的书店。

我怀着忐忑不安的心情迈进店里,她正坐在收银台前。我从书架上抽出以前她推荐给我的红皮字典,趁没客人时过去结账。她当然认不出我,径直接过我递出的书。

"这本字典好像很好用,有人对我说,你曾经向他推荐过。"

听我这样一说,她显得很意外,仔细打量着我。从表情可以看出,她想起了什么。

"你是那位老爷爷的……"她问。

"孙子。听说你很照顾爷爷。"

千春嫣然一笑,旋又仔细盯着我看,说我和爷爷长得很像。

"因为有血缘关系啊。"我说。

她问我爷爷的情况怎么样,现在还在住院吗,我回答恐怕还要住一阵子。

然后我大胆开口,问她什么时候下班。她说,书店营业到晚上九点,但她五点就下班。

"等你下了班,一起去喝杯茶吧?"说完,我的心怦怦急跳。

千春犹豫了一下,点头答应了。我事先已物色好车站前的一家咖啡厅,这时赶紧约她在那里见面。

在咖啡厅等待时,我心里七上八下,生怕她会不来。但千春在五点十分左右出现了,一身蓝衣,看起来十分可爱。我只见过她在书店穿制服的样子,一瞬间差点以为认错了人。

我和她聊的都是最近看过的书,这是我唯一能找到的话题。对流行时尚和新闻热点等我也并非全然不知,但没把握能同年轻人聊得不露破绽。幸好我说的话她似乎并不觉得无聊。因为在书店工作,她似乎也很爱看书,特别是看了很多外国书,让我打心里佩服。

我们在咖啡厅里聊了两个小时。她对我说,很久没这么畅谈过书本了。听起来不像是客套,我不由得放了心。

最后她问起我的职业，我想了想，回答在配件工厂做铸模加工。她问我那是做什么的，我便介绍了一番压铸工艺。我也有二十年没跟人聊过这个话题了。

临别时，我问她以后还能否再见面，她笑着点了点头。那真是天使般的微笑。

<u>五月一日</u>

今天又去了书店，和千春约好五点见面。如果她讨厌我，应该会回绝，既然答应了，说明至少不讨厌我。

问起她的家世，她说家里有父母和妹妹，但现在她离开老家独自生活，白天在书店上班，晚上去上专科学校，将来想成为作家。

她对我的遣词用句提了意见，说年轻人很少说话像我这么拘谨。

"这么一来，我就觉得我的措辞也要客客气气的，感觉有点紧张。"她说。言下之意，我说话应该随性一些。

回来后我看着电视仔细研究说话方式，可改起来挺难。

<u>五月三日</u>

今天千春休假，我们一起去看电影。这是昨天见面时约好的。加上今天，我们已连续四天见面了。

最近的电影简直了不得。虽只是特技做出的效果，还是看得我不断失声尖叫。电影结束后，她笑着说："你一向看起来比实际年龄沉稳，今天却像个小孩子似的。"然后她又加了一句，"怎么觉得你长相也愈发年轻了，看起来好像比我还小。"

听她这样说，我不禁吃了一惊。今天早上我就注意到了，虽然我对她说自己二十五岁，但看起来只有二十岁，这么说来，莫非我还在不断年轻？如果再年轻下去，我就无法去见她了。真担心！

看完电影，我们一起去用餐。那家餐厅我以前和花田护士去过，服务生看到我，似乎有点疑惑，但应该不可能发现吧。

　　　　　　　　　　　　　五月九日

新岛大夫提醒我，最近外出次数太多了。确实，这几天我频繁往外跑，讲白了，几乎每天都去和千春见面。

因为我总是很想见到她。每次刚分手，马上又盼着再会。我恨不得一秒钟都不离开她。

新岛大夫似乎觉察到我在与谁约会。他提醒我："你要尽可能地克制自己，避免和别人建立太深的感情。这是为你好。我想你心里应该有数，虽然你现在恢复了青春，但究竟能维持多久，谁也不知道。"

我很不舒服。我自然明白这个道理，正因如此，我才要抓紧时间与千春见面啊！

现在我的年轻化进程似乎已经停止，我停留在二十二三岁，和千春年龄差不多。不管怎样，总算松了口气，但是否真的可以放心，我心里也没底。

五月十三日

这篇日记本该昨天写的，可昨晚实在没心情。

昨天我第一次和千春的朋友见了面，共两男三女。在小酒吧里，千春介绍说，他们都在朝着作家的目标奋斗。

千春的朋友们讨论的话题很难懂，我插不上嘴。最近虽然读了很多书，文学理论方面的还是啃不下去，只能在一旁喝着啤酒，默默洗耳恭听。

聊了一会儿，话题不知怎的扯到了二战上。那些事，我不愿回忆也不想听，可他们的议论却硬往我耳朵里灌。

"根本没有哪个老人觉得自己做了坏事，"一个男的说，"那些老头子都以当过兵打过仗为荣，可你一提到慰安妇的事，他们就假装听不见。"

"对于战争给邻国带来的苦难，他们嘴上说反省、反省，其实只是讲得好听罢了。"

"最好的证据就是,那些家伙一旦当上大臣,就会得意忘形地爆出真正的想法,三天两头发表不负责任的言论。"

"太愚蠢了。"

"脑子有毛病吧,才会跟美国这种超级大国开战。"

"这个问题也从来没有人认真反省。"

"还说什么'战争就是青春'咧。"

听着听着,我的脸色越来越难看,真想把耳朵塞住。回过神时,我已霍然站起。他们以为我有什么事,茫然地抬头望了过来。我朝着他们怒吼:"你们懂什么!你们有什么资格讲这种话!那时候大家可是拼了命去打仗的!"

话一出口,我就知道自己把气氛全搅了。但我并不后悔,要我忍住不吭声是办不到的。我一个人离开了小酒吧。

过了片刻,千春追上来向我道歉。"他们酒喝多了,才会这样信口乱说。我也忘了你和爷爷感情很深,没有制止他们,对不起。"看来她以为我是替爷爷打抱不平而发火。

我抬头望向天空。乌云密布的天空看不到一颗星星。"阴沉沉的天气最可怕了,"我说,"根本看不到 B29 轰炸机的踪影。只听到灰色天边传来引擎的低低轰鸣,声音愈来愈近,接着响起铿的金属声响,很快又是咚的一声,等炸弹炸下来了,才知道挨炸的是什么地方。刚才他们说得没错,那场战争一点儿胜算都没有,可又有什么法子?"

"是你爷爷跟你说的吗？"千春问。

我含糊地应了一声。

回到医院，我去洗了把脸，发现眼睛下方出现了细纹。

<u>五月十七日</u>

现在来写写这两三天发生的事。事情很多，但我一直下不了决心写下来。新岛大夫保证过不会看我的日记，但现在我已经无法相信他。作为研究者，他怎么可能不想看这份日记呢？尽管如此，我终究还是提笔继续写下去，因为我想以某种形式记录下我的第二次人生。这不是为了别人，是为了我自己。

让我先从结论写起。毫无疑问我已经开始衰老，并且速度非常快。就像我数十年前经历过的那样，衰老首先从头发开始。粗硬的头发减少了，纤细脆弱的头发不断增加。现在还不太明显，但早晚都会从额头一路秃上去。

脸上的皮肤也逐渐丧失弹性，眼皮松弛，眼角的皱纹日深一日，怎么看都不像是二十三四岁的样子。

前天我回了一趟公寓，想把家里打扫一下。我知道以后和千春见面的机会不多了，哪怕一次也好，我想邀她到家里拥抱她，也算是青春的回忆。

那栋公寓没有任何变化，锈迹斑斑的楼梯扶手，多处开裂的墙壁，一切都是老样子。我的房间也和我离开时一模一样。不过是两个月前的事，却仿佛已是遥远的往昔。看到丢在一边的秋裤，我想起曾经穿过这种东西；闻到房间里熏染的老人特有的体臭，我想起这是我的气味。虽然都是不愉快的回忆，此时重新接触，却令我涌起怀念之情。

我再次确认，迟早我会再回到这里。我终将变回当初那个孤独的老人，弯腰驼背，皮肤上满是老年斑，手脚枯瘦衰弱，每到寒冷的早上膝盖就会发麻。

最终我没有打扫就离开了。出门时，正遇到邻居冈本。他推着婴儿车蹒跚地走着，看了看我，却丝毫没有反应。我想这并不是因为我年轻得令他认不出来，在他的眼睛里，似乎只看得到某个遥远地方的景色。望着他瘦弱的背影，有那么一瞬间，我仿佛看到了自己。

昨天我去向千春告别。为了不让她看出我已衰老，我跟她约在咖啡厅幽暗的角落。当我告诉她，我必须去远方工作时，她显得很悲伤。

"你还会回来吗？"

"会吧。"我回答，接着又说，"也许我爷爷会代替我去看你。"

"他出院了？"

"应该快了。到时候，你会很亲切地对待他吗？"

"当然。"她说。

回到医院，花田护士正在病房里等着我。窗边摆了一个花瓶，里面插着一朵白蔷薇。看到我回来，她仿佛知道发生了什么，紧紧地抱住我。我在她怀里失声痛哭。

五月二十日

我请求新岛大夫让我回家。新岛大夫面露难色，多亏花田护士帮我说情。

我极力避免照到镜子，或站到玻璃窗前。眼看着自己一天天衰老，让人情何以堪。

然而衰老依然以各种形式提醒着我。我的体力、耐力和心肺功能都显著下降。为延缓老化，我尝试进行体能锻炼，但就像用铁桶从即将沉没的船里舀水，一切都是徒劳。最后我放弃了。

我不想变老，我想停留在现在。神啊，帮帮我吧！

五月二十二日

今天花田护士来看我，我对她说："你看我现在衰老的程度，刚好和我们约会的时候差不多。"她一下子哭了。真不想看她哭，想哭的是我才对吧！可是我如今这个样子，已经不适合像年轻人那样哭哭啼啼了。我只能强忍泪水。

视力障碍也出现了,是老花眼。

<u>五月二十三日</u>

只不过在屋里走动走动,却老是绊到东西,看来运动神经也在退化。看电视的时候,声音也小得听不到。

<u>五月二十四日</u>

花田护士来看我,但我没让她进屋。我不想让她看到我现在的模样。只看手臂上的皮肤,我就知道皱纹已逐渐爬满全身。

现在我害怕睡觉。想到一觉醒来,自己不知又将变成什么样,我就怕得要命。

<u>五月二十五日</u>

有什么好怕的?我又不是变成妖怪,只是恢复原本的模样罢了。这两个月来,大夫让我做了一场美梦,这已经足够了。以后不要再自称"我"了,那都是假的。是"俺","俺"!

<u>五月二十七日</u>

俺还是害怕。到底在怕什么,俺也不太明白,可就是害怕。

五月二十八日

俺不知道俺现在变成什么样了。好像已经恢复了原来的样貌,又好像还没有。但不管怎样,俺都会不断衰老,然后在不久的将来死去。

不!俺不想死!俺不想死!

可又有什么办法呢?都到了这把年纪,总不能老是逃避这个事实。

俺也会死吧?死了会到哪里呢?会不会有人为俺悲伤?会有人在坟前给俺上香吗?

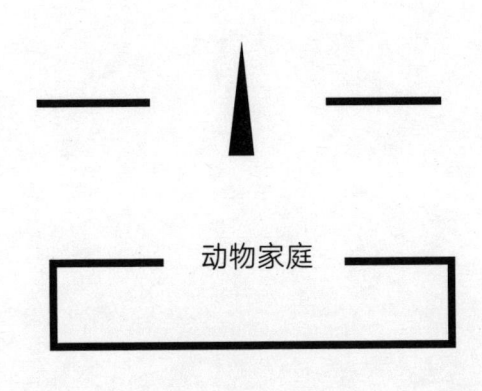

动物家庭

肇洗完脸走进餐厅时，家人都已到齐了。

"你可算起来啦！赶快把早饭吃了，妈妈今天还要出门。"狐狸犬劈头便是一阵尖厉的狂吠。

肇慢吞吞地坐到椅子上。对面的狸猫身穿衬衫，系一条皮尔·卡丹牌的领带，一手端着咖啡杯，正在看报纸。因为近视，狸猫戴了副金边眼镜。他正眼也没瞧肇一眼，狐狸犬的汪汪怒吼似乎也没传到他耳中。

"妈要出门？去哪儿？"坐在狸猫旁边啃吐司的鬣狗问道。他穿着短袖T恤，袖口露出苍白细弱的手臂，显然从未锻炼过。为掩饰瘦弱，出门时他总是穿上黑色皮夹克。他相信这样就会让自己看起来像匹狼。

"去看朋友。"狐狸犬答道,一边把盛着培根蛋的盘子搁到肇面前。培根的边缘焦黑,蛋黄也煎破了。

"是去和服展览会吧?"坐在肇身旁的猫说,"这回要花多少钱?"

"只是去看看。"狐狸犬一反常态,只回了短短一句,接着迅速瞥了狸猫一眼。看来去和服展的事她没对丈夫透口风,所以提防着他会发下什么话来。只要狸猫一开口,她肯定马上呛回去,把骂街的本事发挥得淋漓尽致。类似这种场面,肇不知见过多少回了。

但狸猫照旧看着报纸,不,应该说是装作在看报纸。他不想一清早就听狐狸犬狂吠,也心知肚明,自己不动声色反而更能抑制妻子挥霍。这正是狸猫狡猾的地方。

狸猫慢悠悠地合起报纸,看了一眼手表。"啊……该上班了。"他把咖啡一口饮尽,欠身站起。

"老公,今天晚饭想吃什么?"狐狸犬问。

"噢,今天不用准备我的晚饭了。"说完狸猫走出餐厅。

"是今天'也'不用准备吧?"猫撇了撇嘴说。狐狸犬只当没听见。

"我也走了。"鬣狗跟着站起身来。他是个大学生,但现在要去的不是大学,而是驾校。下个月他将迎来二十岁生日。如今的成年男性几乎人手一本普通汽车驾照,他唯恐自己沦为不会开车的非主流,否则才不会起这么早。

"哥,等你拿到驾照,上哪儿弄车啊?"猫问,言下之意是要他说清楚,买车的钱从哪里来。

鬣狗被问得有点措手不及,望向母亲问道:"买车的事你跟爸提了没?"

"没有。"狐狸犬没好气地答道。

"干吗不帮我说?"

"你要的可是跑车啊,我怎么开得了口!"

"跑车?"猫登时挑起眉,"你要爸给你买跑车?太过分了吧,为什么只给你买!"她气得全身的毛都倒竖起来。

"吵死了,你也可以搭我的便车啊。"

"谁要坐你的车!妈,要是给哥买跑车,也得给我同样数额的钱,不然就是不公平。"

"你给我闭嘴!"鬣狗狠狠瞪了猫一眼。猫毫不让步,呜呜地低声咆哮着示威。

狐狸犬一脸厌烦,伸手按着太阳穴说道:"家里不是有车吗?你就开那辆吧,反正你爸也很少开。"

"就是嘛,开那辆就行了!"

"那么土气的车,怎么开得出去啊,那不跟开辆出租车没两样吗?"

"总之跑车的事我没法跟你爸开口。"

"喊，小气！"鬣狗不满地咂了咂嘴，一脚踹开椅子出了门。

猫也站起身。因为在念高中，她穿的是学校的制服。她对着餐柜的玻璃频频整理发型。她的发型模仿自某位如波斯猫般气质高雅、美貌出众的女明星。她不顾自己只是只廉价杂种猫的现实，千方百计要打扮成波斯猫的模样，却不知再花心思也难望其项背，只会让自己显得很滑稽。

"妈，给我零花钱。"

"前几天不是刚给了吗？"

"那么一点，早花完了。"

狐狸犬叹了口气，不情愿地给了猫一张五千元的钞票。猫接过时还不满地撇了撇嘴。

"我刚才可是说真的。"

"刚才？"

"你们要是给哥买跑车，就要给我同样数额的钱。"

"谁会给他买啊。"

"我……"肇开口说，"我想要新、新书桌……"嗓音沙哑得语不成声。他正处在变声期。

但两人对肇的话毫不理会，狐狸犬转身走向流理台，猫掠了掠头发，丢下一句"什么鬼声音"就出了门。

"那个……妈……"肇费力地发出声音，"我的书桌……"

"啰唆什么，还不赶快吃饭，再磨磨蹭蹭上学该迟到了。你不快点吃完，我就没法收拾，别连我出门都给耽误了啊！真是的，你也太慢了吧！哎呀，又把面包屑撒了一地，麻烦死了，真是受不了你！"狐狸犬汪汪地叫个不停。

这种现象是从几时开始的，肇自己也记不太清楚了。当他意识到的时候，周围的人在他眼里几乎都成了动物。

如果他还不了解对方的性格，看上去就只是普通人，但通常只消看上一眼，对方原本的形态就会逐渐崩坏，最终变成某种动物。这并不表示他当真看到了动物的形象，确切地说，他眼里看到的是人类的样子，脑海里却自动生成另一副动物形态，两种信息糅合在一起，最后就产生某人等于某种动物的认知。因此眼前究竟是人类还是真正的动物，他还不至于分不清楚。

对方在他眼里是哪种动物，主要取决于他的第一印象。肇看人的眼光奇准，几乎不会有交往密切后发现对方又变成另一种动物的情形。

肇离开家门，走向中学。他就读于一所公立中学，而他的哥哥、姐姐都没上这所学校，他们从小就进入某私立大学的附属小学，一路直升上去。哥哥现在上的就是那所私立大学，姐姐则在私立大学的附属高中。两人都没有经历过升学考试，姐姐明年春天就将和之前一样，免试直接升入大学。

肇没能像他们那样上私立小学，原因其实很简单。当时经济不景气，父亲供职的公司业绩恶化，生活自然不如从前优裕，子女的教育费用也不得不相应削减。那所附属小学的赞助费和学费比公立小学高得多，更重要的是，要进入那里就读，还得找某位实权派托人情。他的哥哥、姐姐上小学时，家里舍得花这么一大笔钱，是因为经济实力允许如此。到了肇上学时，家境已大不如前了。

"只要好好念书，想进什么好学校都考得上，不是也很好吗？"母亲如此安慰他，不，该说是敷衍他。另一方面，或许因为肇上公立学校象征着自家生活水平的下降，她很想忘掉这个事实。

至于肇的哥哥、姐姐，因为自己上的是私立大学的附属学校，免不了在弟弟面前抱有优越感。当然他们也不是完全不明事理，心里多少还会有点过意不去，但他们一心想抹杀这种让人不舒服的心理，总是极力无视肇的存在。

肇的父亲对家庭已漠不关心。对于长子、长女的教育，他还稍微花过些心思，到了小儿子，就只剩下厌倦了。他的兴趣都在家庭以外的事情上，例如在公司的地位、新泡到手的情人等等。对于他在外面拈花惹草的事，家庭成员其实都有几分察觉,肇也心知肚明,因为不知从什么时候起,父亲身上的气味改变了。那气味不是生理上的,而是来自于精神。

肇的家里还有一名成员,就是住在一楼一个六叠①大的房间里的祖母。大部分时间都在床上度过的她,在肇眼里是一只白狐。她的皮毛已脱落殆尽,老丑不堪,眼神却总透出一股奇异的神采。她常常念叨"都这把岁数了,只想早点解脱算啦",但这其实正说明她对人世还恋恋不舍。

白狐很厌恶狐狸犬,不消说,狐狸犬也同样憎恨她。

肇刚踏进教室,就看到一群人围在大鲵②身旁。满脸青春痘的大鲵不光在这个班,在整个二年级的不良学生中都是老大。

他们在玩花牌③。变色龙一边发牌,一边拍大鲵的马屁。大鲵伸直跷在课桌上的脚,轻轻戳了戳变色龙的脑袋,变色龙不但不生气,反而嘿嘿傻笑。在肇等普通同学面前,这只变色龙可是全身火红、气势汹汹呢。肇打定主意不看

---

①日本计量房屋面积大小的单位,1叠约为1.62平方米。
②日本大鲵,因身有山椒味道,俗称大山椒鱼,实为水生、习惯于夜间活动的两栖动物。
③日本的一种传统纸牌游戏,纸牌上画有十二个月份的花草,每种各四张,共四十八张牌。

这帮人。如果不小心同他们对上视线，就会被抓去玩花牌，而他们老是随意变更规则，想赢是根本没指望的，一旦输了，还得赔上零花钱。

班主任山羊走进教室，大鲵等人照旧玩着花牌。山羊见状皱起眉头。

"喂，我说你们，上课铃早就响了，快回到座位坐好。"山羊咩咩叫唤了一阵，发现根本没人理他，只得咕咕哝哝地点了名，走过场般交代完通知事项便离开了教室。

其他教师也都和山羊差不多，只是象征性地警告几句，完全制止不了不良学生的喧闹。只有当这群人公然集体逃课的时候，教室里才会安静下来，而那时讲台上的教师非但不去追究，反而会露出如释重负的表情。教师们态度如此消极，是因为前几天刚有一位年轻教师遭到不良学生突然袭击，被打得腿部骨折，原因就是他曾和不良学生作对。

到了午休时间，肇想去买面包，走出教室后，又决定先去厕所小便。厕所里弥漫着烟味，但这已是司空见惯的事，肇并没放在心上。洗手时，他照了照镜子。

镜子里映出一种灰色的爬行类动物，不，或许该说是两栖类动物。总之，这种动物他从未见过，眼神战战兢兢，异常滑溜的皮肤上，又黏又滑的油脂闪闪发光，姐姐总说他气色很差。

每次照镜子,肇都忍不住思索自己究竟是什么动物。是像姐姐说的,仅仅只是气色不好,还是会变成其他动物?他自己也不是很清楚。如果可能,他希望变成别的动物。他很厌恶自己,觉得自己胆小、不起眼,简直一无是处。每每想到班上究竟有几个同学认可他,肇就自信全无。班上的女生几乎都当他不存在。在肇眼里,那些女生和姐姐一样是猫,他压根就没同她们讲过几句话。有的猫甚至在两三年后变身为山猫或豹子,对他来说更加遥不可及。

越是对镜细看,肇就越讨厌自己。正要转身离开时,一个隔间的门打开了,出来的正是大鲵和变色龙,两人周身笼罩着灰色的烟雾。

"喂,站住!"肇赶紧想溜,却被大鲵叫住。大鲵早过了变声期,声音像个中年男人。

肇被逼到墙边,大鲵和变色龙轻蔑地打量着他。

"借点钱花花。"大鲵说。

肇摇了摇头,开口说道:"我、我没带钱……"声音还是那么嘶哑。在两个不良学生听来,只当是猎物被吓得胆战心惊,但的确也有这个因素。

变色龙一把揪住肇的制服领口。"少蒙人,怎么可能没带!"

"钱包呢?"大鲵粗鲁地问。

变色龙随即从肇的裤子口袋里搜出钱包，里面有一张千元钞。"这不是有钱吗？"变色龙说。

这时大鲵早已出了厕所，他知道目的已经达到。

"那是我中午买面包的钱……"

"少吃一顿饭又不会死！"变色龙撂下这句话，回身去追老大。

肇把空空如也的钱包塞回裤子口袋，无精打采地沿着走廊往回走。他心想，如果上的是私立大学的附属中学，就不会受到这种欺负了。

放学后，肇回到家门口时，忽听背后有人唤他。回头一看，是个化着浓妆、三十岁左右的女人。

"你是这家的孩子？"女人问。

肇点点头，回了声"嗯"。声音还是那么沙哑。无法顺畅地出声说话，让肇心烦意乱。

"哦。"女人目不转睛地瞧着肇，涂得血红的双唇间，红色的舌头依稀可见。

就在这一瞬间，女人在肇眼里变成了蛇，一条全身散发着妖气的白蛇。肇惊得直往后退。

白蛇从手提包里拿出一个四方包裹。"麻烦把这个交给你爸。"

"给我爸？"

"是啊，要偷偷地给他，千万别拿给你妈哟。"说完，白蛇别有深意地嫣然一笑，径自离去。肇拿着纸包，呆呆地目送她好一会儿。

家门锁着。肇端起门柱内侧的盆栽，找到花盆底下的备用钥匙，开门进屋。

肇没有自己的房间。二楼有三间房，但哥哥、姐姐各占一间，还有一间是父母的卧室。以前他还能和姐姐共用一间房，姐姐一上中学，他就被赶了出来。现在二楼的走廊上摆了张哥哥用过的旧书桌，那就是肇学习的地方，晚上他在父母两张床的旁边铺被子睡觉。

肇把书包放到书桌上。这张书桌加上旁边当作书架的组合柜，就是肇全部的家具了。书桌旁竖着一根球棒，组合柜上摆放着一个装有凤蝶标本的玻璃盒，那是肇念小学时，同学桥本送他的礼物。桥本是他唯一的知心朋友，两人曾经一起去捉昆虫。那件凤蝶标本就是桥本转校时送给他的，肇也回赠了他碧伟蜓的标本。

那以后肇再没有交到朋友，对他来说，那件标本是弥足珍贵的宝物。桥本转校后，两人还曾书信往来了一阵子，后来终究不了了之，现在早已没了联系。尽管如此，肇依然当他是好朋友，相信他也没有忘记自己，同样精心保管着蜻蜓标本。

在父母的卧室里换了便服,肇开始思索怎样处理那个纸包。得把它藏在母亲找不到的地方,但在藏起来之前,他想知道里面是什么。

肇用指甲小心剥开封口的透明胶,谨慎地打开纸包。里面是一盒录像带。

父母的卧室里有一台十四英寸的电视机和录像机,肇怀着不安又期待的心情将录像带放进录像机,按下播放键。

电视屏幕上出现一张床,床上是一对一丝不挂的男女。光这一幕已经吓得肇心脏差点跳出喉咙,没想到下一秒还有惊吓在等着他。

那赤裸的胖男人是狸猫——肇的父亲,与此同时肇也认出,那女人就是刚才见过的蛇。

狸猫晃着啤酒肚猛扑到蛇身上,蛇嘶嘶地吐着血红的信子蜷起身体。狸猫低声呻吟,野兽本性彻底爆发,狂舔乱摸蛇全身。蛇舔舔嘴唇,将身子缠上狸猫。转眼间双方的身体都被彼此的体液弄得又黏又滑,光看都令人觉得恶心。狸猫被蛇缠住全身,露出心醉神迷的表情,蛇看似很享受狸猫的反应,自己也一副乐在其中的样子。狸猫和蛇的肉体紧密交缠,乍一看简直难以分辨。狸猫亢奋得翻起白眼,蛇则嘴角含笑。

肇勃起了，这让他打心底厌恶自己。看到父亲偷情的场面竟会感到兴奋，他觉得自己同他们一样龌龊下流。

他把录像带倒回去，照原样用纸包好，藏在书包里。

晚餐的菜色是炸猪排和炸虾，都是狐狸犬从超市买回来的。她早上说只是出去一下，结果却直到傍晚才回来。要不是肇今天要上补习班，她肯定回来得还要晚。补习班七点上课，所以一周除了周六周日，其他五天肇都是六点多时一个人吃晚餐。他不清楚狐狸犬是什么时候吃饭的，多半是和晚些回来的鬣狗或猫一起吃吧，但他们俩也时常玩到深夜才回来。总之，这个家已经好几个月没有全家一起吃晚饭了。

似乎是没能在和服展上以希望的价格买到中意的和服，狐狸犬一脸不悦。肇决定把录像带的事按下不提，他不想因这件事搅得鸡飞狗跳，而且他根本就不同情母亲，因为他曾亲眼看到母亲瞒着父亲做出同样的事。当时肇还在念小学，一天他忘了带绘画用具，向老师说明后回家去拿。那天白狐也出去了，家里应该只有狐狸犬，客厅却传出异样的响动。肇偷眼一觑，发现狐狸犬正和一匹马赤裸裸地交缠在一起。马就是那一阵经常上门的推销员，长得高大壮硕，看起来是个空有一身体力的家伙。他正在铆足全力大于狐狸犬,而且就像真正的马一样从背后抽插,狐狸犬也像真正的狗一样趴伏在地,汗水啪嗒啪嗒地滴落在地毯上。看到她肚子上的赘肉不住晃动,一瞬间肇觉得她化成了一头母猪。

想到当时那幕丑态,肇心里很不舒服,但更让人心烦的事还在后头:那只白狐出现了。每到肇的晚饭时间,她就来餐厅找吃的。

"唉,又是这么油腻腻的东西啊。"白狐看到炸猪排和炸虾,故意摆出可怜巴巴的表情,边说边抚摸肚子。但家里人人都知道,这不过是白狐拿手的演技。

"酱菜的话倒是有的。"狐狸犬的声音平板得没有一丝起伏。

"酱菜啊,也对,反正都七老八十的了,吃酱菜就吃酱菜吧……"白狐打开冰箱,朝里看去,"哎呀呀,里面什么都没有啊,这是要怎么做菜哪?"

她显然是在讽刺狐狸犬只会偷懒买现成的,狐狸犬登时竖起眉毛。

白狐关上冰箱,顺手在门上轻抚了一下,皱眉道:"哎哟,黏糊糊的都是油污。"狐狸犬想必在狠狠瞪着白狐,白狐却好似浑然不觉。"没办法,我就吃这些算啦。"说完,白狐拿碟子盛了炸猪排和炸虾,连同一碗米饭、酱菜一起端上托盘，走出餐厅。狐狸犬马上从椅子上站起，砰的一声关上门，带起的风把灰尘都卷了起来。

餐厅里弥漫着狐狸犬的怒气，肇有种不妙的预感。他的预感不幸地应验了，狐狸犬站在门口问他："肇，上次补习班考试考得怎么样？听说村上考进了前十名，你考了第几？"

"呃，二十……"说话还是很费劲，他干咳了一声，低着头说，"二十三。"

"什么？二十三名？"狐狸犬一屁股坐到肇对面的椅子上，"怎么又下降了？你到底在搞什么啊！"她伸手猛一拍桌子，杯里的水也跟着晃动。"你有没有好好念书啊？你以为我送你上补习班是为了什么？人家村上、山田成绩都上去了，只有你反而退步，妈妈的脸都给你丢光了！你整天在想什么啊？给我振作一点行不行？万一考不上好高中看你怎么办！"她不断地狂吠。

补习班九点下课。回到家附近时，肇看到路旁停着一辆宝马车。车门打开，下来的正是他的姐姐猫。肇赶紧躲到旁边的邮筒后面。

车里有人伸手抓住猫的手臂，想把她再拉回车里。她也没有不乐意的样子，撒娇地喵了一声就又回到车内。

肇定睛细看，只见两人的影子在玻璃窗后厮缠。之后猫再次下车，制服衬衫绽开，露出胸前春光。她向车里的男人挥了挥手，宝马车一溜烟开走了。

"喂！"有人从另一个方向叫住猫，是鬣狗。他跑到猫跟前问："刚才那人是谁？"

"跟你不相干吧。"

"少瞒我，那男的看样子倒是个金矿。"

"还好啦。"猫迈步要走。

"等等，你身上有烟味。"

"咦？糟了！"猫闻了闻衣袖，"确实有，那就待会儿再回去好了。"

"刚才那男人的事我替你保密，但你要帮我跟爸要车钱。"

"哼！"猫嗤之以鼻，"别做梦了，我们家哪有这个钱。"

"怎么会没钱，我们家又没多少房贷负担。"这是事实，肇家盖房子的地皮是祖父传下来的。

"往后就要花钱了，他们好像打算把老太婆送到养老院。"

"老太婆？"鬣狗皱起眉头，"何必这么费事，只要不理她不就完了，她还能有几天好活。"

"我也这么觉得，可是'歇斯底里'好像已经忍无可忍了。"

所谓"歇斯底里"是指狐狸犬。

鬣狗啐了一口。"老妈也真是的,既然不顺心就赶快离婚啊,干吗死抓着老爸不放。"

"她哪有这个胆子。什么能耐都没有,一个人她根本活不下去。"

"烦死了!老妈也会活很久吧,就跟现在的老太婆一样。"

"老头恐怕也差不多。"

"老头"是对父亲狸猫的简称。

"两个老不死的……"

"等他们老了,由谁来照顾?"猫用一种事不干己的口吻问道。

鬣狗盘起双臂:"房子我是很想要的,不过我可不想伺候他们。"

"哪有这种便宜事!"

"那就这么办:先由我来照顾他们,所以房子就归我了。我马上转手卖掉,卖得的款子也会分你们一点。"

"什么叫分我们一点?我们本来就有份!"

"你听我说完嘛。等拿到了钱,我就另外买套房子搬过去住。"

217

"那爸妈怎么办?"

"我才不管。如果你也懒得理,那就只剩一个人负责了。"

猫咯咯一笑,唱歌似的说了句"好——可怜哦——",然后问:"万一肇不同意呢?"

"你放心,要骗他还不容易。"

"也是。"猫表示赞同。

晚上十一点半,狸猫回家了。狐狸犬、鬣狗、猫和白狐都窝在自己房间里,谁也不露面。这个家向来如此,只有肇一个人待在走廊上学习。

肇下到一楼,发现狸猫正在厨房喝水。看到儿子过来,狸猫显得有些吃惊。肇暗想,他多半是刚和蛇见过面,蛇跑到家附近的事他可能也知道了。

"这个给你。"肇边说边递出纸包。

"这是什么?"

"今天一个女人给我的,要我转交给你。"

听到"女人"二字,狸猫顿时脸色大变。"你妈知道吗?"

肇摇摇头,狸猫似乎松了口气。

"大概是公司的同事吧,你就不用跟你妈提了。"狸猫轻晃了一下纸包,脸色又是一变,看来已经发觉里面装的是录像带。至于内容,他心里应该也有数了。

"那么,晚安。"肇说。

"嗯,晚安。"狸猫答得心神不定。

肇假装回到二楼,实则躲在客厅门外偷听里面的动静。狸猫最近经常连卧室也不回,裹条毛毯就睡在客厅的沙发上。

他听到打开电视的声音,接着咔嚓一声,应该是狸猫把带子放进了录像机,但没多久就响起取出带子的声音,似乎只是确认一下录像带的内容。

"喂?是我。"过了一会儿,狸猫打起电话,"我儿子把录像带交给我了。为什么刚才见面时你不跟我说……什么话,你这不是给我出难题吗?万一被我老婆发现了怎么办……哪有你这么乱来的,开玩笑也不是这种开法。总之以后别再搞花样了……知道啦,我会想办法的……你放心,她也巴不得要离婚哪……嗯……嗯,小孩的事不用放在心上。"

肇轻手轻脚地上了楼。

某个周日的早晨,白狐被送进了养老院。她似乎是前一天晚上才得知自己的命运。肇心想,她那晚对着佛坛念经到深夜,应该就是因为此事。那念诵的语调里充满了无可言喻的怨恨。

当天晚餐时，全家人难得地齐聚在餐桌前，因为要商量怎样处理白狐空出来的那间房。他们心里都很清楚，一旦家里有新变化，必须尽早提出主张才不会吃亏。

但这次的问题完全没有商量的余地，狸猫劈头便说："我一直没有个可以安静工作的地方，那个房间就给我平常当书房用吧。有客人来的时候也可以作为客房。"

狐狸犬、鬣狗和猫登时沉下脸，表情分明在说"你从来就没在家工作过，要什么书房"。最沮丧的还是肇，好不容易有房间空出来，家中格局要重新调整，他本来还期待自己也能拥有一个房间。

"还有，"狸猫继续说，"刚才我看了一下壁橱，除了奶奶的东西，还塞了很多杂物。那里又不是库房，各人的东西要拿回自己屋里。"

鬣狗和猫都一脸不情愿。他们总是把自己房间里用不到的东西胡乱扔进纸箱，塞到白狐的壁橱里。狐狸犬也做过同样的事。

"我房间的柜子太小了。"鬣狗说。

"我也是。"猫随声附和。

"那就好好整理啊！该扔掉的扔掉，该收起来的收起来，这点事都做不到怎么行？"

鬣狗和猫的脸拉得老长。他们向来看不起狸猫，现在却被教训了一通,显然很是伤自尊。这两人的自尊可比体形庞大得多。

我也想要个自己的房间——肇很想这么说,却死活发不出声音。到底是不是因为变声期的关系,他自己也不太清楚了。于是肇继续保持沉默,他心里明白,就算说了也改变不了什么,他们才不会给他单独的房间。狐狸犬只会冲他吼,说'光会要这要那,还不先把书念好',鬣狗和猫只会冷笑,而狸猫多半会装作没听见。

上厕所时,肇在洗手台前照了照镜子,镜中依然映出一种爬行类动物,但肤色有点变化,微微有些发黑,皮肤表面变得凹凸不平。

他对着镜子张开嘴"啊"了一声,感觉出声容易了些。

第二天午休时,肇被叫到教师办公室,班主任山羊和教导处的牛头犬都在等他。牛头犬单刀直入地问肇,大鲵他们是不是找他要钱了,肇一口否认。

"怎么会没有?"牛头犬晃着脸上的横肉,"有同学看到你在厕所给他们钱了。"

肇吃了一惊,他没想到当时还有目击者。看到他的反应,牛头犬似乎已了然于心。"跟老师说实话,你借钱给他们了吧?"

肇点点头。

"这就是了。"牛头犬也点了点头。山羊没有作声，只在一旁听着。

"借了多少？"

"一千元。"

"还你了吗？"

肇微微摇头。

牛头犬再次点点头，语带批评地说："好，你可以回去了。以后如果不愿意借钱，不管对方是谁，都要明确表态拒绝。"

肇回到教室时，大鲵正和手下聚在一起胡闹。他怯生生地缩着身体坐在位子上，这时山羊忽然进来，战战兢兢地叫大鲵和变色龙去教师办公室。二人起初流露出一抹不安，但为了掩饰心虚，马上又趾高气扬地出了教室。

第五节课上到中间，两人回来了。讲课的教师似乎知道缘由，什么也没说。肇不敢去看他们，因为事情明摆着，他们一定因为肇的证词被牛头犬责骂了一顿。

第五节课后的休息时间，肇也一直缩在座位上，心里七上八下，总觉得他们随时要过来找碴，但他们并没有过来。

第六节课和班会结束后，肇混在同学中离开了教室。一路上他低着头留意周围的动静，始终没有发现那两人的影子，不由得暗自庆幸，看来不会遭到报复了。

然而几分钟后,他就知道自己的想法何等天真。那二人埋伏在他回家的路上。他无处可逃,呆立当场。

"过来!"变色龙揪住肇的制服袖子,把他拖进窄巷。

大鲵从口袋里掏出那张千元钞,塞进肇胸前的口袋,"现在还你!"他声音凶狠,用阴冷的眼神狠狠瞪着肇。肇不禁双腿发抖。

大鲵稍微退开一点,肇心头一松,以为可以平安脱身,却不料大鲵倏地变脸,几乎同一时间,肇脸上已挨了一记重击,眼前漆黑一团。回过神时,他已跌坐在地。过了好一会儿,他才意识到自己挨揍了。脸上先是肿胀僵硬,很快就疼痛起来。

变色龙揪住肇的衣领说道:"要是把挨打的事捅出去,看我不宰了你!"肇不敢吭声。变色龙不屑地甩开手,扬长而去。

那二人离开后很久,肇仍站不起来。心有余悸的他甚至不明白到底发生了什么。这是他有生以来第一次挨打,左脸颊又热又麻,火辣辣得疼,想开口说话都很困难。他感觉脸颊在不住抽搐。

肇晃晃悠悠地站起来,迈步向前走。屈辱的怒火在他内心熊熊燃烧,他憎恨周遭的一切,也厌恶自己的软弱。走在路上,他面容扭曲,左眼流下泪水,擦身而过的行人无不对他侧目而视。

　　晚上六点多了,肇依然留在公园。虽然用湿手帕敷了脸,肿胀却丝毫不见消退,嘴里也破了皮,舌头一碰就阵阵刺痛。

　　肇走出公园,看到路上停着一辆汽车,便对着车窗察看脸上伤势。车窗上映出一种黑色的爬行类动物,不,已经不是爬行类了,皮肤如同岩石般坚硬粗糙。这到底是什么?他很想放声大叫,却又不知要叫什么。

　　回到家时,门口难得地摆着全家人的鞋子,只有父亲的没看到。肇悄无声息地上了楼,正要像平常那样把书包放到书桌上,忽然愣住了。

　　他的书桌旁乱七八糟地堆满了纸箱和盒子,看起来就像物流公司的仓库遭了地震。肇明白是怎么回事了,鬣狗、猫,多半还有狐狸犬,他们把自己房间里用不到的杂物全都打包堆到这里了。

　　肇呆呆地望着眼前这一切,最后目光落到地板上。他蹲下身,把压在箱子底下的东西抽出来。那正是桥本送给他的凤蝶标本,此刻玻璃盒已经破碎,里面的凤蝶标本也被压烂了。

　　他拿着凤蝶标本冲下楼梯。

　　"这、这是、这是谁干的?"一跑进餐厅,他劈头就问,声音比平时响亮得多。

狐狸犬、鬣狗和猫面面相觑，尴尬地沉默了约三秒。

"谁叫你偏要放在那地方啊。"鬣狗回避着肇的视线说，"不过，这事跟我可不相干。"

"哥你好狡猾——"猫嘻嘻一笑，伸手掠了掠头发说，"坏了就坏了呗，反正那东西跟蛾子似的，看着就恶心，还不如没了的好。"

"姐……是你弄坏的吗？"

"不是我啦。"

"那就是……"肇瞪向狐狸犬。

正在做饭的狐狸犬皱起眉头说道："闹什么闹，我还没问你刚才跑哪儿去了呢！现在都到上补习班的时间了，你就是这么磨磨蹭蹭的，成绩才会老是退步！"

肇拿着标本走出餐厅，耳朵嗡嗡作响，全身火热发烫。

来到二楼，他把残破的标本放回书桌上，眼泪夺眶而出。

就在这时，楼下响起笑声，肇听在耳中，只觉是冰冷无情的嘲笑。

肇内心有什么东西砰地断了。他一把抓起桌旁的球棒，比刚才更冲动地飞奔下楼。

肇撞开餐厅的门，三个人一开始都没理他。最先看到他的是猫，本来满不在乎的她陡然瞧见弟弟的模样，当场喵的一声尖叫出来,其他两人也跟着看向肇。

"啊!杀了你们!"肇用力一挥球棒,餐桌上的餐具顿时碎裂四散。"杀了你们!"肇再次挥棒,餐柜玻璃应声破碎,四处飞溅。他的怒吼已不是少年的声音。

狐狸犬急忙想逃,却从椅子上直接滚到地上。鬣狗上前想制止肇,不防腰上重重挨了一记,痛得昏了过去。

猫向客厅逃去,腿却不听使唤,跌了一跤,肇抡起球棒紧追上来,猫吓得嘤嘤哭泣,裤子也尿湿了。

"杀了你们!杀了你们!杀了你们!杀了你们!"肇疯狂地挥舞着球棒,将家中的一切破坏殆尽。玻璃碎片四下飞舞,日光灯也打碎了,室内一片漆黑。砸毁电器的时候,冒出犹如电焊般的火花。

肇转向临着庭院的玻璃窗,瞄准窗子挥起球棒。

"杀了你们!"玻璃窗上映出一头怪兽,怒吼的口中喷出青白色火焰。

后记

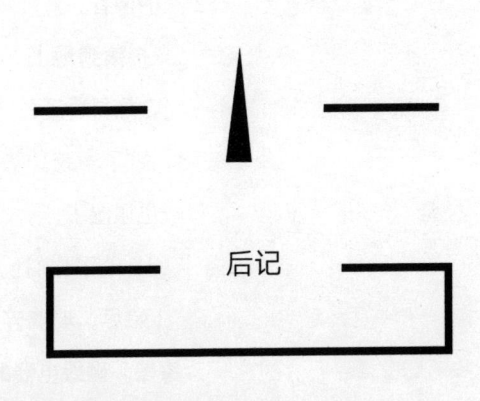

郁积电车

我经常搭乘电车的时期是学生时代。当时我上学的路线是先搭近铁①从布施站至鹤桥站,再换乘环状线到天王寺下车。每天车上都拥挤得如沙丁鱼罐头一般,自然也不乏色狼、扒手出没。

在布施和鹤桥之间有个今里站,我有个朋友从这一站上车,他就不时偷摸女人屁股,还狡辩说"只用手背碰碰不算色狼"。有一回他出手猥亵时我刚好在场,那位化着浓妆的

---

①即近畿日本铁道,日本关西地区最大的私营铁路公司,线路涵盖大阪、京都和奈良等地。

白领女郎似乎弄错了，竟朝我狠狠瞪过来。

自从通了地铁后，我就不用再受挤车之苦了，因为离家最近的站就是始发站。虽是最近的站，依然得走十五分钟以上。等到从家步行三十秒即到的地铁站建成时，我已经离开了大阪。

上班族时代我都开车去公司，故而很幸运地不用去搭满员的电车。但每天都遭遇堵车，后来发现还不如到最后一刻才出门，然后抄近道一路狂飙而去有效率。

开车上班虽轻松惬意，但下班后就没法和同事一起去小酌两杯。我一直梦想能像《海螺小姐》[1]里的益男或波平那样，随心所欲地把酒言欢。

成为作家后我一直在家工作，但有两年时间在外面租了工作室，每天过去上班。本来开车二十分钟就可到达，但我总是刻意搭公交再转电车，在路上折腾将近一个小时。这样很辛苦，却也很有乐趣。那间工作室邻近市中心，因此颇受编辑好评，现在从市中心到我家要花上一个半小时，想必在编辑中风评不佳吧。

这篇作品是在去往工作室的途中偶然想到的。不，说偶然想到不是很确切，应该说，是我揣摩着眼前人们的心境，不知不觉间便构思出了这样的故事。

---

[1] 日本漫画家长谷川町子的四格漫画，主角为主妇海螺小姐，在日本家喻户晓。

有时也想再坐坐那种郁积电车，但每天都坐就很令人生厌了。

追星阿婆

有时发现已从电视上销声匿迹的演员、歌手依然名列高额纳税榜前茅，我不免觉得很诧异。他们通常都拥有一批忠实支持者，其中大多为老人，尤其是老妇人。

我父母很少去看这种艺人的演出，只有不用自己破费，而是推销报纸的人主动送票时才会例外。本以为父亲应该不喜欢看这一类演出，他却好像看得相当开怀，让我感叹人一旦上了年纪，变化可真大啊。

家父从事珠宝加工业，因为经营的不是什么高级店铺，有时也会遇到很特别的顾客。

有一阵子常有个奇妙的客户光顾，前些日子才打造的戒指，这次又要改成耳环，下回又加些原料打成胸针，就这样反反复复地回炉重造。父亲心里纳罕，一问缘由，才知她是个追星阿婆。

在我计划将这个故事写成小说时，起初打算从首饰加工师的角度，对顾客的奇妙举动进行推理。这种推理架构写起来简单得多,如果写成一个温馨的故事,应该会很受欢迎,但那样就无法表现追星阿婆的疯狂了。

一彻老爸

《巨人之星》和《明日之丈》① 都是我少年时代的经典漫画,但如今想想,颇有很是莫名其妙的地方。其中我无论如何都想不通的,就是星一彻发明的魔送球。这是种三垒手给一垒手的传球,看似直奔跑向一垒的跑者脸部而去,但当对方胆怯减速时,球就一个急转弯,稳稳落入一垒手的手套,当真是出神入化。星一彻本是知名三垒手,因肩伤无法投出快速球,故而发明了这样的技巧。

可这样再怎么想都很奇怪。

既然投不出比跑者速度更快的球,又怎么可能投出险些击中他脸部的球呢?

这个倒还罢了,多少总能勉强说通。最令我难以理解的,是星飞雄马对魔送球的看法。

进入巨人队后,他旋即意识到单凭直球不足以纵横天下,于是开始研发新的变化球,悟出了大联盟魔球一号。

---
① 1967-1973 年连载的拳击漫画名作,又译《小拳王》或《铁拳浪子》。

可我很想说：慢着！你为什么不投爸爸教你的魔送球呢？那可是厉害无比的变化球啊，谁也休想克得住。再搭配精准到毫厘不差的刚速直球，绝对是如虎添翼，赢上几十场也不在话下。

可是飞雄马迟迟想不到向打者投魔送球的招数。直到开发大联盟魔球二号时，他才终于想起来，但并未直接拿来用，而是利用它的原理发明了消失的魔球。这里又有个不合情理的地方：每次一看出消失的魔球本质就是魔送球，打者无不立刻挥棒猛击。

我要再次强调，魔送球可是很厉害的变化球，带起的风势甚至会卷得地面尘土飞扬。在尘土掩蔽下遁形的魔球自然没人打得到，但就算看到了球的踪影，也同样不可能打中。

虽说没少吹毛求疵，我却并非与这部漫画有什么过节，毋宁说是感情深厚的表现。实际上在《巨人之星》里，魔送球远比大联盟魔球意义重大，每到故事的转折点，总会牵扯到魔送球。因为魔送球是父亲一彻的分身，只要飞雄马一天不和魔送球划清界限，他就无法摆脱父亲的掌控，过上真正属于自己的人生。

写这篇作品时，我思考的都是诸如此类的严肃问题，最后却写成了现在这个样子。

逆转同学会

读过我作品的朋友或许知道，我对教师很反感。至于原因，应该是从未得到过教师的关爱。世上也有不少人直到长大成人之后，依然很感念关照过自己的恩师，每次见到这种人，我都深感羡慕。

和我交情很好的作家黑川博行先生，过去曾在高中教美术。如果我当年能遇到像他这样出色的老师，或许就不会变得不相信大人了。很可惜，我遇到的老师全是煞费苦心装扮成圣人状的笨蛋。念初中的时候，有个年轻老师幽默风趣，难得我还蛮喜欢他的，没想到他竟当着大家的面，公然对因事故左眼受伤的我说出不堪入耳的歧视的话。虽然我并未因此受到伤害，却对自己有眼无珠、看不透他的本性感到很气愤。

《逆转同学会》虽是艺术创作，灵感却来自我的亲身经历。我曾受邀参加过故事中的那种聚会，但不是去聚会，而是被邀请去演讲。邀请函上的措辞很客气，看得我诚惶诚恐。但我最终回信谢绝，理由是排不开日程。这固然是事实，但还有一个信上没提的原因，那就是邀请函里注明"恕不支付演讲费"。

我并不是贪图金钱，假如对方提出要致送演讲费，我反而会主动辞谢。但看到信上如此表示，不免油然而生"教师果然都是这个德行"之感。

再说件别的事。几年前，我为曾供职过的公司的内部杂志撰写随笔，当时先是公司的前辈打电话来探询意向，随后社内杂志的编辑寄来正式的邀稿函，函中注明"尽量为您申请稿费"。

不久公司的前辈再度打来电话，问我是否愿意接下这份工作，这时我才第一次表示同意。接着前辈又说"有件事不太好启齿"，然后问我稿费应该支付多少比较合适。通常像这种情况，最后才谈稿酬问题也是可以理解的，当下我答复他说，不需要支付稿费，只要送我随后几期的内部杂志就可以。前辈确认我是出自真心后，条件便谈妥了。这份工作让我很愉快。

而我毕业的大学也曾数次向我邀稿。有一回我忽然收到一个厚厚的信封，纳闷地拆开一看，里面是稿纸和回邮信封，另外附了一页信纸，说明稿件的题目、最低页数、截稿日期和联系方式。其中最低页数若换算成四百字稿纸，要将近二十页，截稿日期是二十天后。因为只字没提稿费，我想应该意味着这是无偿的吧？如果这样我也乖乖替他写稿，那为了区区几页随笔就提前一个月打电话联系的编辑也太可悲了。不用说，我自然将其扔到一边不加理会。快到截稿日期时，负责人打来电话再三央求，我只好大幅削减页数后交差了事。大学常被视为欠缺社会常识的地方，依我看也并非没有缘由。

学生并不是学校的走卒或手下，尤其毕业之后更是如此。学校理应把他们当成有职业的社会人士来对待。

我想，前面提到的那位请我演讲的老师其实也明白这个道理，只是多少有些倚老卖老的心态。否则，对于一个要从东京远赴大阪演讲的人，应该是说不出"恕不支付演讲费"这种话的。而我不愿意纵容这种倚老卖老的心态，是因为我的教师过敏症太严重了。

超狸理论

我不喜欢在科学上站不住脚的事情，但这并不代表我不喜欢缺乏科学依据的小说，毕竟，我自己写的不少小说也算不上多科学。我反感的，是从不科学的角度来解释事实。

"有人在××小学厕所里见到过少女的幽灵。"

这种说法没有问题，因为的确可能有人看见幽灵，这是可以证明的。

"××小学厕所里出现少女的幽灵。"

这样讲就不对了。幽灵的存在尚未得到科学证实。如果要这样说，多少总得提出证据。

那如果说有一百人目击过呢，是不是就可以认同？还是不行。说极端一点，就算亲眼所见，我也不同意这种说法。这个时候只能得出"到那里会看到类似少女幽灵的东西"这样的结论，如此而已。至于那究系何物，则是接下来需要研究的事。

我时常听到这种论调："因为不希望自己建立的理论遭到破坏，科学家总是对超自然现象视若无睹。"对于那些一手缔造文明的伟大科学家来说，这种看法是何等无礼。没有人会比科学家更期待推翻既有概念的现象出现，他们总是梦想着将自己信仰的一切彻底颠覆，因为唯有不断推翻与重建，科学才能日新月异。

基于这种观念，有时他们也会表现得很冷酷。例如阪神大地震发生时，以建筑学家为首的科学家们必然大为震惊，但将这场悲剧视为资料宝库的，也正是这些科学家。

实际上，向来拒绝面对现实的，毋宁说是非科学界人士。否定地球自转这一事实的，究竟是科学家，还是宗教家？

科学家自然也会犯错，因急于得出结论而错误研判资料、导致社会骚动不安的事情曾一再上演。但在科学的世界里，错误的结论绝不会长久占据统治地位，总会有其他科学家进行补充试验，验证结论是否正确。一旦别人提出足以推翻原有结论的确凿证据，科学家便会承认自己的错误。对常温核聚变提出质疑的，也正是科学家本身。

科学家对鼓吹超科学的人士不屑一顾，原因就在于他们没有提供证据。单纯的耳闻目睹是不足以作为证据的，他们提出的唯一物证就是照片和录像带。而所有证据之中，还没有发现哪一样可以说"只能用超自然现象来解释"的。说得直白一些，很多甚至有捏造之嫌。在科学的世界里，一旦捏造证据被发现，当事者就必须从此退出研究第一线，这是毋庸置疑的。从这个意义上，超科学的世界好混多了。

本篇小说参考了《科学朝日》一九九三年五月号上刊登的《UFO影像真相探秘》等作品，尤其是科学记者久保田裕先生的报道给了我不少灵感，在此谨致谢意。

最后需要声明的是，虽然我目前并不相信超自然现象，但时刻都做好了接受的心理准备。只要有科学的证据，无论是幽灵、尼斯湖水怪、超能力，还是UFO确系外星人交通工具，我都会欣然相信。不，应该说，我其实很期待有这样的事物存在。

无人岛大相扑转播

这是我上小学低年级时发生的事。

有位大叔总是穿着鼠灰色（已经脏到不能用灰色来形容了）的衬衫，交抱着双臂，一边走一边念念有词。他身材瘦削，面容清癯，理得短短的头发透着斑白，眼神老是飘向远方。

几乎每天一到固定时间，那位大叔就会不知从哪里冒出来，咕咕哝哝地从我们这些嬉闹的孩子身边走过，仿佛根本没有看到我们的存在。他的身体周围张着一道无形的屏障，营造出一个完全属于自己的世界，旁人谁也不得其门而入。看他的模样，也就是个普通的路人，但散发出的气场却让人觉得很像苦行僧。事实上我们当时还真以为他嘴里念叨的是经文。

印象中似乎是一次去澡堂的路上，那位大叔就走在我前方。他像平常那样双臂抱胸，微弓着身子，嘴里念念有词。我加快脚步跟上去，终于听清了他念叨的话，那可真是出人意料。

"现在是第八局下半局，上场的打者是长岛。他今天的成绩是三次打击，一支安打。那么投手村山又将如何应对呢？

目前一垒、二垒上都有跑者,村山投出了球!是一记外角球!长岛做了一两次假打,投手丘上的村山和捕手交换暗号后,开始第二次投球。球投出去了!啊!打中了!长岛将球打到了三垒手与游击手之间,三垒手漏球,游击手也没有追上。安打!安打!这是支左外野安打!二垒跑者踏过三垒,冲向本垒!左外场员现在接到球了,全力将球直接传向本垒!这是球与跑者之间的竞争,时机很微妙,如果捕手抢先接到球触杀……安全上垒、安全上垒、安全上垒!跑者成功回到了本垒!捕手立刻将球传向三垒!安全上垒,这次也是安全上垒!巨人队以一分优势领先,而且一垒三垒都有跑者……"

以上只是我如今随意揣想出来的,重点在于大叔当时一路都在嘀咕这样的话,而且滔滔不绝,一气呵成,俨然如收音机的实况转播一般。我甚至觉得或许比真正的转播还过瘾。

后来我才发现,大人们好像很了解他的来历。听说他的人生似乎不甚顺遂,但当妈妈说出下面这番话时,我莫名地感到高兴。"他可真不简单,讲得那么流利,一点都不停顿,说不定头脑其实很灵光。"

至今一想到这位大叔,我依然怀念不已。

尸台社区

通常来说，一个人一生中最大一笔购物就是买房。不买房的人自然也有，这里讨论的是已经或正打算买房的人。

依我的经验，买房真的很辛苦，说实话简直麻烦透了。在脑海里浮想联翩的时候还很神往，一旦付诸实际行动，只会让人愁眉不展。筹措资金就是其中一桩头疼事。

但买房辛苦的最大原因，是每个人都打心底觉得"绝对不能失败"。毕竟是一笔巨额交易，万一有什么不称心，总不能轻松说声"哎呀，买得太失败了，扔了再买个新的吧"。就算要另买新房，也得先把现在住的房子卖掉来筹集资金。但会让业主感觉买得很失败的房子，通常都卖不出高价，运气不好时，甚至便宜甩卖也没人要。

由于这种压力，买家难免患得患失、不胜其烦。烦恼到最后，往往会凭一时冲动买下房子。

挑选房子的关键，取决于买家优先考虑的因素。例如，一家之主是优先考虑工作还是优先考虑家庭，就是个重要的分歧点。有的人宁可自己每天路途迢迢地去上班，也要让孩子住上宽敞的房子，这份爱心和毅力我着实佩服。就算背后也存有期待房子升值的投机心理，我还是觉得很了不起。我就办不到。

这篇小说写于泡沫经济破灭后不久。时至今日，套用"如今已不是二战刚结束的时代了"的说法，也可以说"如今已不是泡沫经济刚破灭的时候了"。但我觉得类似的故事依旧会在某处上演，只是应该不至于冒出尸体罢了。

献给某位老爷爷的线香

我的祖母在九十七岁时过世。这样说可能有点怪，但那场葬礼还令人挺愉快的。

我离开老家大阪已久，和堂兄弟姐妹们有二十年没见面了。在葬礼上重逢时，彼此热热闹闹地寒暄招呼，就像开同学会一样。当我发现某位大婶竟然是我同年的堂妹时，真是吃惊不小。在会场里四下乱跑的，都是这些堂姐妹的小孩。

伯父姑妈他们看到亲戚们难得地大团聚，也笑得合不拢嘴。葬礼的气氛如此和乐融融，很大程度上是因为祖母的高寿。父亲和伯父早在几年前便着手准备葬礼费用，还找了葬仪社来估价。若说有什么遗憾，就是祖母没能突破百岁大关。但在葬礼上，当司仪说出"享年九十九岁"时（好像都说虚岁），全场仿佛都在无声地惊叹。

流泪的只有我姑妈,也就是祖母的亲女儿。把花束放入棺材时,她抚摸着祖母的脸落下泪来。在去火葬场的公交车上,听到孙女说捡骨很恶心时,这位姑妈却回答:"捡骨有什么大不了的,你觉得人的骨头恶心,那想成鱼骨头不就好啦。"说完她咯咯笑了起来。

这篇作品是在葬礼前夜守灵时偶然想到的。标题诚如读者诸君所见,是借鉴自小说《献给阿尔吉侬的花束》[1]。原本我想写成长篇,但原版的《献给阿尔吉侬的花束》也是短篇版本口碑更佳,于是就维持了现在的短篇形式。

动物家庭

芸芸众生,不外乎分为两类,一类是鸟人,一类是鱼人——以上纯属我东野个人的理论。

这理论是我随便说说的,并没有什么根据,没想到向朋友提起时却很受认同,还有人表示"啊,那我应该算是鱼人了",

---

[1] 美国作家丹尼尔·凯斯的作品,讲述一名弱智患者接受脑部手术逐渐成为天才后的离奇经历。1959年以短篇形式刊登于杂志上,荣获雨果奖,1966年改写成长篇小说,荣获星云奖。

所以我觉得或许这个分类还挺准的。当然，也有人认为自己不属于任何一类。

照这个不大可靠的理论来判断，我可算典型的鸟人。我特别喜欢坐飞机，如果有机会，也很想尝试蹦极和跳伞。另外帆伞我也玩过，一点都不觉得害怕。

但潜水我就不行了，不，不光潜水，我根本就不想看到海里的景色。熟悉我的人都知道，水族馆我也不喜欢去。甚至看到儿童图鉴里绘制的海底景象时，我背上都会蹿起一股恶寒。

我曾参观过加拿大的某博物馆，里面有一个展区展示海中的恐龙模型，整个展区营造成太古时代的海底情境。我一踏进去，立刻浑身都不舒服。

小时候我上过游泳培训班（现在应该是叫"Swimming School"），还参加过大阪府的游泳大赛，所以并非不会游泳。在游泳池里潜水对我来说不值一提，也很喜欢，但在海里就完全不行。

但我很爱吃鱼类和贝类，几乎无一嫌弃，因此如果要我把自己比作一种动物，我的答案永远是"海鸥"。

关于这篇作品，闲话我就不多说了，请读者诸君自行领略吧。至今所写的短篇中，这是我自认倾注了最多心力的一篇，但也不敢说就一定符合每位读者的口味。

图书在版编目（CIP）数据

怪笑小说／（日）东野圭吾著；李盈春译．－－北京：北京十月文艺出版社，2018.9
 ISBN 978-7-5302-1835-8

Ⅰ．①怪…　Ⅱ．①东…②李…　Ⅲ．①短篇小说－小说集－日本－现代　Ⅳ．①I313.45

中国版本图书馆CIP数据核字（2018）第103464号

著作权合同登记号　图字：01-2018-2840

KAISHO SHOSETSU by Keigo Higashino
Copyright © 1998 by Keigo Higashino
First published in Japan in 1998 by SHUEISHA Inc., Tokyo.
Simplified character Chinese translation rights in China arranged by SHUEISHA Inc.
through THE SAKAI AGENCY and BARDON-CHINESE MEDIA AGENCY.
All rights reserved.

怪笑小说
GUAI XIAO XIAOSHUO
〔日〕东野圭吾　著
李盈春　译

出　　版	北京出版集团公司	
	北京十月文艺出版社	
地　　址	北京北三环中路6号	
邮　　编	100120	
网　　址	www.bph.com.cn	
发　　行	新经典发行有限公司	
	电话（010）68423599	
经　　销	新华书店	
印　　刷	北京天宇万达印刷有限公司	
版　　次	2018年9月第1版	
	2021年7月第9次印刷	
开　　本	850毫米×1092毫米　1/32	
印　　张	8	
字　　数	128千字	
书　　号	ISBN 978-7-5302-1835-8	
定　　价	45.00元	

质量监督电话　010-58572393
如有印装质量问题，由本社负责调换。

版权所有，未经书面许可，不得转载、复制、翻印，违者必究。